FÁBULA DEL SACRIFICIO DE IFIGENIA
de
Luis Verdejo Ladrón de Guevara

EDITORIAL
UNIVERSIDAD DE SEVILLA

Calidad en
Edición
Académica

Academic
Publishing
Quality

COLECCIONES

Avalado por
ANECA   FECYT

Promovido por
une

FÁBULA DEL SACRIFICIO DE IFIGENIA
de
Luis Verdejo Ladrón de Guevara

Esther Márquez Martínez

LITERATURA
EDITORIAL UNIVERSIDAD DE SEVILLA

Sevilla 2024

LITERATURA
Nº 175
EDITORIAL UNIVERSIDAD DE SEVILLA

Motivo de cubierta: Mosaico del Museo de Mosaicos de Zeugma en Gaziantep (Turquía)

Primera edición: 2024

© Esther Márquez Martínez, 2024

© Editorial Universidad de Sevilla, 2024

c/ Porvenir, 27 41013 Sevilla

https://editorial.us.es / info-eus@us.es

DL: SE 2874-2024

ISBN: 978-84-472-2624-5

Impreso en papel ecológico.

Maquetación: Cuadratín Estudio

Impresión: Podiprint

A mi maestro, Juan Montero Delgado

Índice

Capítulo 1

LUIS VERDEJO LADRÓN DE GUEVARA

Hasta ahora, las noticias que teníamos sobre la vida de Luis Verdejo Ladrón de Guevara eran muy escasas. Aguilar Piñal consideró que se trataba de un escritor dieciochesco, ya que Palau databa en 1701[1] uno de sus poemas, un romance endecasílabo en honor a la llegada al trono de Felipe V (1989: 18). Por su parte, Menéndez Pelayo, tanto en *Historia de la poesía hispano-americana* (2017 [1ª ed. 1913]) como en *Historia de las ideas estéticas* (2012 [1ª ed. 1889]), mencionó a Luis Verdejo a propósito de su análisis del *Nuevo Lucano* de Francisco Eugenio de Santa Cruz y Espejo y de la estética literaria predominante en Ecuador durante el siglo XVIII. Ahora bien, el investigador que más ha tratado la figura de Luis Verdejo fue José María de Cossío (1952) en su estudio sobre las fábulas mitológicas, donde indicaba que se trataba de un escritor de la tercera generación gongorina. Cossío, que solo había consultado uno de los testimonios de la *Fábula del sacrificio de Ifigenia* en la Biblioteca Nacional[2], aventuraba que podría ser un autor andaluz de finales del siglo XVII:

---

1. Según Palau el poema era un impreso [s.l., s.i.], 4hs. orladas de 20 cm. Aguilar Piñal no localizó este testimonio.

2. Cossío no indica la signatura del volumen porque dice que la ha perdido (1952: 506).

[...] Pocos datos puedo dar de don Luis de Guevara y Verdejo, su autor, y me interesaría que no fuera así, porque sería interesante conocer, por lo menos, la fecha de su escritura. El estilo podríamos decir que es muy Carlos II, o a lo más muy Felipe V; la copia en que la he leído, parece posterior a estas fechas. El autor podríamos suponer sin violencia que era andaluz, y aun más precisamente, sevillano.

«Yo, que un tiempo del Betis en la arena»

ha de decir; pero los bibliógrafos andaluces nada dicen de él, ni aun siquiera mencionan su nombre (Cossío, 1952: 507).

Por los encabezamientos de los distintos testimonios de la *Fábula del sacrificio de Ifigenia* y de otros de sus poemas que hemos analizado, sabemos que este autor era natural de Andújar; que ingresó como caballero en la Orden de Calatrava; que sirvió al VII Duque de Arcos, Joaquín Ponce de León; y que, en varias ocasiones, había firmado cambiando el orden de sus apellidos.

Teniendo en cuenta el dato incuestionable de su pertenencia a la Orden de Calatrava y después de haber repasado minuciosamente el *Índice de pruebas de los caballeros que han vestido el hábito de Calatrava* (1903) y *Caballeros de la Orden de Calatrava que efectuaron sus pruebas de ingreso durante el siglo XVIII, tomo I, 1700-1715* (1986), comprobamos que no aparecía el nombre de Luis Verdejo Ladrón de Guevara ni la variante Luis de Guevara y Verdejo, apuntada por Cossío. En esos índices aparece, sin embargo, un Luis Verdejo y Álamos Palomino Morales, natural de Andújar. El análisis del expedientillo de este individuo en el Archivo Histórico Nacional en Madrid[3] nos ha llevado a postular que el nombre de nacimiento de nuestro autor no era Luis Verdejo Ladrón de Guevara, sino precisamente Luis Verdejo y Álamos Palomino Morales. Las razones son las siguientes:

1. No existe ningún caballero de la Orden de Calatrava con el nombre de Luis Verdejo Ladrón de Guevara, ni ninguna de sus variantes[4].

---

3. Signatura OM-CABALLEROS_CALATRAVA, Exp. 2782.

4. Con el apellido Verdejo no existe, además de Verdejo y Álamos, ningún otro caballero de la orden de Calatrava; con el apellido Ladrón de Guevara existen algunos caballeros: los hermanos Baltasar e Ignacio Francisco de Ayala Ladrón de Guevara y Vargas, que consiguieron el hábito de caballero en 1693, oriundos de Alcalá de Henares (Vignau y Ballester, 1903: 10); Cristóbal Ladrón de Guevara y del Sel, de Madrid, que ingresó en 1632 (1903: 87); Diego Ladrón de Guevara y Henao, de Madrid, que ingresó en 1658 (1903: 87), y Fernando Rodríguez de Vera y Ladrón de Guevara, de Tobarra, Albacete,

2. Solamente hay un caballero de Calatrava natural de Andújar cuyo nombre de pila es Luis: Luis Verdejo y Álamos Palomino Morales[5].

3. De entre los posibles candidatos, solo Luis Verdejo y Álamos Palomino Morales vivió en una época acorde con los datos que se tienen –las fechas de publicación de sus obras y las hipótesis de Cossío– y cumple algunas de las otras variantes –natural de Andújar y con alguno de los apellidos considerados–.

4. El padre de Luis Verdejo y Álamos Palomino Morales se llamaba Juan Carlos Verdejo Palomino Ladrón de Guevara. Su abuelo paterno se llamaba Francisco Verdejo Ladrón de Guevara.

5. Tanto el apellido «Álamos»[6] como «Palomino»[7] tienen connotaciones judaizantes, que podrían haber llevado al autor a cambiarse el nombre para evitar cualquier tipo de acusación[8] y, a su vez, beneficiarse del prestigio social que tenía el apellido Ladrón de Guevara, que entroncaba con linajes nobles.

6. Asimismo, Luis Verdejo y Álamos Palomino Morales tiene un antepasado cuyo nombre es Luis Verdejo Ladrón de Guevara. Dicho familiar, embarcó rumbo a Perú en 1604[9], como criado de Diego Cacho de

---

vistió el hábito en 1815 (1903: 144); con el apellido Guevara existen más caballeros, pero ninguno es oriundo de Andújar.

5. Entre los caballeros naturales de Andújar se encuentran Miguel de Albarracín (1648), Pedro de Albarracín y Quero (1792), Tomás Leandro de Cárdenas y Cárdenas de Esquina (1743), Antonio de Cárdenas Manrique (1629), Alonso de Jandula (1573), Juan Palomino y Hurtado de Mendoza (1624), Cristóbal de Quero y Piedrola (1690), Martín Carlos Valenzuela y Albarracín (1671), Gonzalo de Morales (1671), Alonso Pérez Serrano (1627) y Alonso de Valenzuela y Serrano (1679) (Vignau y Ballester, 1903).

6. Ruiz de Loizaga Ullibarri afirma que: «[...] también es cierto que muchas veces los judeocristianos tomaron como apellidos nombres de árboles, plantas, colores y hasta de poblaciones» (1992: 264).

7. Porras Arboledas defiende que el caso de los Palomino es paradigmático: «Realmente, en pocas ocasiones podemos estar tan seguros de que una familia tenía esos orígenes, por más que entrado el siglo XVI procurase olvidarse, con éxito, de su pasado, dejando los sospechosos oficios de escribanos e instalándose en la oligarquía municipal como veinticuatros, tras emparentar con la pequeña nobleza giennense» (2006: 207).

8. Sin embargo, hay que tener en cuenta que los documentos presentados para ingresar en la Orden de Calatrava prueban la limpieza de sangre de Luis Verdejo. Cabe la posibilidad de que fuesen fraudulentos, práctica habitual en la época.

9. Durante el proceso de investigación se valoró la posibilidad de que este antepasado se hubiese casado con la poeta Jerónima de Velasco, elogiada por autores como Lope de Vega en el *Laurel de Apolo* (2007: 197-198), debido a que en dicha obra se indica

Santillana[10] (CONTRATACION,5281,N.17), que llegó a ser corregidor de la provincia de Carabaya.

Estos hechos pudieron llevar a que Luis Verdejo y Álamos[11] adoptase el nombre de pluma por el que es conocido hoy en día, Luis Verdejo Ladrón de Guevara.

Todos estos datos[12], nos permiten afirmar que Luis Verdejo y Álamos fue un autor natural de Andújar de finales del siglo XVII. Nació el 3 de enero de 1670, hijo de los hidalgos Juan Carlos Verdejo y Antonia Álamos. Fue bautizado en la parroquia de Santa María. Provenía de una familia giennense que gozaba de una buena posición social, fruto de los matrimonios entre conversos y la pequeña nobleza giennense. Según el expediente de caballería 2782 del Archivo Histórico Nacional, Luis Verdejo residía en Madrid en el momento en el que ingresó en la Orden de Calatrava[13].

---

que su marido se llamaba Luis Ladrón de Guevara. Aunque la hipótesis es muy atractiva, pues parece que coinciden en fechas y nombres, no nos ha sido posible demostrarla. Se han barajado muchas teorías sobre la identidad de Jerónima de Velasco. Algunos autores consideran que era oriunda de Río Bamba (Descalzi, 1996: 171-172); José Rafael Sañudo (1894) que es la autoridad más citada en este tema, afirma que la poeta nació y murió en Pasto y que fue hija de Miguel Ortes de Velasco (1894: 235). En cuanto a Luis Verdejo Ladrón de Guevara no tenemos noticias de su estancia americana. Si se mantuvo al servicio de Diego Cacho de Santillana se debió de trasladar a Panamá, donde Cacho ejercía de oidor de la Audiencia de Panamá (PANAMA,15,R.6,N.50) y luego a Perú, donde fue corregidor de la provincia de Carabaya.

10. Natural de Andújar, hijo de Juan Cacho y Marina de Alba. Pasó a Perú con dos criados: Luis Verdejo Ladrón de Guevara y Diego Ruiz de la Estrella (CONTRATACION,5281,N.15 y CONTRATACION,5281,N.16). Su hermano fue Cristóbal Cacho de Santillana, «oidor de la Real Audiencia de Los Reyes, y electo presidente de la de Quito, natural de Andújar, y difunto en Los Reyes, con testamento por el que mandó que los 5000 pesos que heredó de su hermano Diego Cacho de Santillana, corregidor de la provincia de Carabaya, con tal de que no teniendo hijos, se fundase un colegio o casa para recoger los niños huérfanos, se destinasen para dicha obra pía, respecto de que era soltero» (CONTRATACION,407A).

11. Bautizado como Luis Francisco Manuel Verdejo y Álamos Palomino Morales (Cadenas y Vicent, 1986: 132).

12. Toda la información que aparece a continuación se ha extraído del expedientillo de Luis Verdejo y Álamos Palomino Morales del Archivo Histórico Nacional en Madrid con signatura OM-CABALLEROS_CALATRAVA, Exp. 2782.

13. Aunque se han planteado otras hipótesis, creemos que los datos respaldan nuestra identificación. Algunos críticos (Giafredda, 2002: 466-467) han propuesto que quizás se trataba del también escritor Luis Ladrón de Guevara, conde de Escalante, autor de

Tenemos más datos de la rama materna de su familia que de la paterna. Sabemos que su abuelo materno Juan de Álamos Miranda –bautizado el 18 de junio de 1582; fallecido en 16 de mayo de 1650 sin testamento– fue escribano público y jurado, y parece que en algún momento llegó a ser notario mayor de la Audiencia Episcopal (Cañada Quesada, 2003: 451; Galiano Puy, 2007: 358). Además de la remuneración por su oficio, tenía algunas propiedades, pues, el arquitecto Juan de Aranda Salazar le alquiló en 1636 y durante cuatro años, una casa que tenía en la Puerta Noguera (Galiano Puy, 2007: 358). El padre de Juan de Álamos, Matías de Álamos fue notario mayor de la audiencia Episcopal de Jaén. Parece que además de su trabajo como notario, tenía otros negocios pues Luis López de Mendoza, tendero y vecino de la colación de San Ildefonso le pagaba una carga de fruta en cada año (Galiano Puy, 2012: 126). Por el lado de su familia paterna, hay bastantes posibilidades de que su bisabuelo paterno, Francisco Verdejo y Párraga, fuese un entallador, escultor y cantero reconocido de la época[14].

En cuanto a la relación de Verdejo con los círculos de poder finiseculares, cabe destacar, por un lado, su relación con el entorno del duque de Arcos, y, por otro lado, con el conde de Montellano. Como ya hemos mencionado, sabemos que estuvo al servicio del VII duque de Arcos, Joaquín Ponce de León, gracias al encabezamiento de su poema preliminar a la *Fama y obras póstumas* de Sor Juana Inés (Madrid, 1700). Si nos basamos en la cronología de la edición y publicación de la *Fama y obras* podemos deducir que Verdejo entró al servicio del duque de Arcos, con bastante probabilidad, antes de 1698.

Intercadencias de la calentura de amor (Barcelona, 1685). Creemos, sin embargo, que esta identificación presenta algunos problemas. En primer lugar, y aunque las *Intercadencias* fueron publicadas en 1685, probablemente fueron escritas muchos años antes, como parece probar la firma autógrafa del ms. 947 de la Biblioteca Nacional en unos versos dedicados al «Epitafio al Conde de Villamediana», que había muerto en 1622 (Ripoll, 1991: 87). Este dato parece demostrar que Luis Ladrón de Guevara vivió a principios del siglo XVII. A ello, habría que sumar el hecho de que no se tiene constancia de que conde de Escalante participase en la edición de 1685 de las *Intercadencias*. Finalmente, cabe destacar que en las *Intercadencias* se indica que el autor era de Segura «pudiendo referirse a las provincias de Tarragona o Guipúzcoa» (Ripoll, 1991: 87), mientras que, como ya hemos comentado, el autor de *La caída del apóstol San Pablo* es de Andújar. Por ello, creemos que el autor de *La caída* y de la *Fábula* no puede ser el conde de Escalante, sino Luis Verdejo y Álamos.

14. Hizo trabajos de carpintería pues fue el encargado del mobiliario de la sacristía de Santa María la Mayor en 1572. Por las mismas fechas, labró los capiteles de la portada que abre a la Plaza de Santa María (Domínguez Cubero, 2009: 257).

Este dato nos indica que también pudo tener relación con la duquesa de Aveiro, madre de Joaquín Ponce de León, María de Guadalupe de Lancaster y Cárdenas Manrique (1630-1715), probable dedicataria del epilio de Verdejo debido a su parentesco con el duque de Arcos, su célebre erudición, su conocimiento de las lenguas clásicas, sus labores de mecenazgo y su relación con las corrientes gongorinas, que la convertían en la dedicataria perfecta para una obra del estilo y tono de la *Fábula del Sacrificio de Ifigenia*[15]. A todo ello, habría que sumar el hecho de que la elección de una mujer como dedicataria, especialmente si pertenecía a ámbitos nobles o cortesanos, era una práctica relativamente común a finales del XVII y principios del XVIII, fechas en las que el porcentaje de dedicatarias femeninas en las obras de poesía impresa casi se cuadriplica con respecto a las décadas anteriores (Collantes Sánchez y García Aguilar, 2015: 51).

Partiendo de la información aportada por la *Fama y obras póstumas* y del conocimiento de las prácticas del campo literario, cabe suponer que la mecenas de Verdejo se encontraba dentro del círculo social del duque de Arcos. Las posibilidades se reducen razonablemente a las mujeres del círculo del duque. Si profundizamos en estos entornos nobiliarios y hacemos un cotejo con las fechas que barajamos para la composición del poema –entre 1685 y 1700– tendríamos como posibles mecenas a doña Teresa Enríquez de Cabrera, primera mujer del duque de Arcos; a doña Ana María Spínola y de la Cerda, segunda mujer del duque; y a María de Guadalupe Lancaster y Cárdenas Manrique, duquesa de Aveiro y madre del duque de Arcos. Dado que no tuvo hijas no tenemos que considerar esta figura. De estas tres posibles damas, doña María de Guadalupe Lancaster y Cárdenas Manrique parece ser la figura que encaja mejor con la dedicataria del poema. Con respecto a las otras dos damas, habría que eliminar a doña Ana Spínola ya que se casó

---

15. Conocía las lenguas clásicas y hablaba varios idiomas –italiano, inglés y castellano, además del portugués– y procedía de una familia noble oriunda de Portugal. En 1660 se trasladó a España y cinco años más tarde se casó con Manuel Ponce de León, duque de Arcos, con quien tuvo tres hijos (Sabat de Rivers, 2005). Nos han llegado distintos testimonios de su gran cultura, como su correspondencia con el padre Francisco Kino, misionero jesuita; los poemas que le dedicó sor Juana Inés de la Cruz; y también las cartas que intercambió con su prima, la duquesa de Paredes. En las *Memorias* de Saint-Simon, se subrayaba la importancia de su casa, en la calle del Arenal, como centro de reunión intelectual en la Madrid de principios del siglo XVIII (Moura Sobral, 2009: 61). Fue objeto de alabanzas y dedicatorias en, al menos, veintidós obras, veintitrés si incluimos la *Fábula* de Verdejo, conservadas en la Biblioteca Nacional de España.

con el duque en 1716, fecha en la que la *Fábula* de Verdejo ya estaba, probablemente, redactada. En cuanto a doña Teresa Enríquez parece poco probable que se trate de la mecenas, pues, aunque bien es cierto que alcanzó importantes posiciones de poder gracias a sus matrimonios, no tenemos testimonios de que tuviese grandes ocupaciones de gobierno, idea que se repite en varias ocasiones en la dedicatoria de Verdejo, ni parece que formase un círculo literario a su alrededor, pues no quedan obras dedicadas exclusivamente a ella.

En cambio, María de Guadalupe Lancaster no solo estuvo rodeada de muchos poetas, sino que, además, parece que tuvo una especial inclinación por obras de cuño gongorino, como demuestra el inventario de su biblioteca, de más de 4000 volúmenes (OSUNA, C.173,D.146-149) y su amistad con sor Juana Inés de la Cruz. Su relación con la poeta mexicana surge gracias a la duquesa de Paredes, María Luisa Manrique de Lara y Gonzaga, protectora de la escritora y prima de la duquesa de Aveiro (Colombi, 2015: 248-249). La duquesa de Paredes cuenta en una carta a la duquesa de Aveiro que le había hablado de ella a sor Juana: «Yo suelo ir allá algunas veces que es muy buen rato y gastamos muchas en hablar de ti porque te tiene grandísima inclinación por las noticias con que hasta ese gusto tengo yo ese día» (Manrique de Lara y Gonzaga, 2015: 177). Esta admiración que sor Juana siente por la duquesa de Aveiro se plasma en un romance en su honor, «Grande duquesa de Aveyro», y en la *Respuesta a Sor Filotea*. Además, Poot Herrera (1999) también propuso que el proyecto de los *Enigmas ofrecidos a La Casa del Placer*, que sor Juana escribe para unas monjas portuguesas, pudo haberse llevado a cabo gracias a la intervención, tácita, de la duquesa de Aveiro. Esta relación entre la duquesa y la escritora mexicana explicaría, además, la huella del entorno del duque de Arcos en los preliminares de la *Fama y obras póstumas*, que hemos comentado antes. Así, la decisión del editor, Juan Ignacio Castorena y Ursúa, de incluir a tres criados del duque de Arcos en los elogios a sor Juana se podría explicar por la intervención de la duquesa de Aveiro, punto de unión entre los poetas del entorno del duque de Arcos, el editor Juan Ignacio Castorena y Ursúa y sor Juana Inés.

Además de su relación con los duques de Arcos, sabemos que en 1703 fue nombrado caballero militar de la orden de Calatrava gracias a la intervención de José Solís Valderrábano, conde de Montellano.

El Conde de Montellano, siendo gobernador del Consejo de Órdenes, recibió dos mercedes de hábito en 1701 al asistir a la Junta de Caballería y decidió «ceder» una de estas concesiones a Luis Francisco Verdejo Palomino. Sea cual fuere el motivo del traspaso –amistad o comercial– era evidente que existía un vínculo entre uno y otro y, por tanto, el conde de Montellano quedaría deshabilitado, según los preceptos, para el nombramiento de los informantes. Sin embargo fue él quien tomó partido en 1703 en la elección del caballero Diego Felipe Padura Haza y del licenciado Fernando Moreno Ortega para valorar la identidad del referido Luis Francisco Verdejo y poder ingresar, en caso positivo, en la Orden Militar de Calatrava (Giménez Carrillo, 2016: 174).

El caso de Verdejo es, por tanto, un ejemplo de falta de neutralidad en la tramitación de mercedes de caballería entre los miembros del Consejo de Órdenes y los aspirantes a hábitos militares. No obstante, cabe preguntarse, como hizo Giménez Carrillo, sobre las causas, ya sean comerciales o de amistad, que llevaron al conde de Montellano a concederle este hábito a Luis Verdejo. Para ello, revisamos las posibles relaciones que pudiese tener nuestro escritor con el núcleo del conde para tratar de determinar si este favor había sido puntual o se trataba de una relación más duradera.

Tras un repaso de la documentación conservada, creemos que Luis Verdejo pudo haber entrado en contacto con el conde de Montellano gracias a los duques de Arcos. El hallazgo de dos volúmenes de poesía manuscrita[16], que probablemente fueron reunidos en las primeras décadas del XVIII, parece reforzar esta hipótesis. Estos libros, además de incluir dos romances y tres sonetos de Luis Verdejo hasta ahora desconocidos, recogen dos conjuntos de textos, que se diferencian por los distintos entornos sociopolíticos en los que fueron compuestos.

Por un lado, hay textos de autores cercanos a la casa de Montellano. Entre ellos, merece la pena destacar la *Fábula de Eco y Narciso* del marqués de Castelnovo, José de Solís y Gante (1683-1763), nieto del conde de Montellano; o los poemas de Gabriel Álvarez de Toledo y Pellicer, protegido y secretario personal del marqués de Castelnovo. Por otro lado, también aparecen varios poemas de circunstancias dirigidos a distintos miembros de la casa de Arcos. Encontramos poemas de celebración por el santo del duque de Arcos, Joaquín Ponce de León; exposiciones parafrásticas de salmos a su madre, la duquesa de Aveiro; y elogios a la belleza de su primera mujer, Teresa Enríquez de Cabrera.

---

16. Los ejemplares conservados en la biblioteca de la Universitat de Barcelona y el que se encuentra en el archivo de la Reial Acadèmia de Bones Lletres de Barcelona.

La presencia de estos dos grupos de textos en los mismos manuscritos poéticos, junto con la aparición de autores como Antonio Dongo, que estuvo bajo la protección de ambas familias (Jiménez Belmonte, 2015), parece apoyar la teoría de que existió cierta permeabilidad entre ambos círculos poéticos. A todo ello, habría que sumar un gusto compartido por la estética gongorina, pues tanto la duquesa de Aveiro como el conde de Montellano fomentaron la publicación de las obras de sor Juana Inés en España[17]. Creemos, por tanto, que la merced de caballería que el conde de Montellano otorgó a Luis Verdejo puede entenderse dentro de un conjunto más amplio de redes clientelares y poéticas entre la casa de Arcos y la de Montellano.

Verdejo fue autor de varios textos poéticos, aunque, desgraciadamente no se han conservado todos. Las obras que han llegado a nuestros días son, en primer lugar, un romance hagiográfico, publicado en Madrid, en 1699, titulado *La caída del apóstol San Pablo*; en segundo lugar, un largo poema laudatorio, «Si a tanto canoro cisne»[18], publicado en la *Fama y obras póstumas* de sor Juana Inés en Madrid (1700)[19]; en tercer lugar, cinco composiciones breves incluidas en los dos manuscritos poéticos de Barcelona que comentamos en el epígrafe anterior: dos romances «Por más, ay, Sirene hermosa» y «Llegó por este correo» y tres sonetos «De hidrópica ambición herido clamas», «Generoso ateniense, no sin arte» y «En mal latín el dómine Parnaso»; y, por último, una fábula mitológica de cuño gongorino, la *Fábula del sacrificio de Ifigenia*, de la que se conservan dos estadios de redacción distintos.

---

17. Ya se ha comentado el caso de la duquesa de Aveiro; por su parte, el conde de Montellano estuvo implicado en la publicación del *Segundo volumen de las obras de Sor Juana* (Sevilla, 1692) (Jiménez Belmonte, 2015).

18. Su poema se encuentra dentro de un grupo de textos de tres criados del duque de Arcos: Marcos Juárez de Orozco, mayordomo del duque; Juan de Cabrera, capellán del duque; y Luis Verdejo Ladrón de Guevara en calidad de criado. La presencia de estos autores indica que alrededor del duque de Arcos se había formado un entorno literario suficientemente importante como para que el editor de la *Fama y obras póstumas*, Juan Ignacio de Castorena y Ursúa, incluyese a tres de sus miembros.

19. También tenemos constancia de que Luis Verdejo participó en el *Certamen Poético que hicieron las Musas Americanas y Europeas, con ocasión de la muerte de Sor Juana Inés de la Cruz, Cysne del Lago Mexicano*, bajo el nombre de Julia, con una canción (Barrera, 1979: 128). Puede que se trate de la misma composición que incluye en los paratextos de la edición de 1700.

Sin embargo, el bibliógrafo Bartolomé José Gallardo recoge otro poema, publicado en 1701[20], del que no tenemos noticias: «Enhorabuena, que se da a España en el feliz arribo a su corona, de nuestro Católico Monarca Don Felipe Quinto (que Dios guarde) en este romance endecasílabo». Aunque no se ha conservado íntegro, podemos leer los primeros versos de esta composición en *Relaciones de Solemnidades* de Alenda y Mira (1903: 462) y en *El arte cortesano en la España de Felipe V (1700-1746)* de Yves Bottineau:

> O rompa ya el silencio perezoso
> de mi rudo instrumento al son alegre
> que hasta aquí, recatado en mis temores,
> afectó cobardías reverentes [...] (Bottineau, 1986: 232).

Asimismo, en la dedicatoria de la *Fábula del sacrificio de Ifigenia*, Verdejo menciona un poema de estilo pastoril que debió de escribir antes que la *Fábula*. En las cuatro primeras estrofas del poema se alude al tópico de la rueda virgiliana, que divide en tres los estilos literarios en relación con los géneros: el humilde apropiado para el género pastoril –*Églogas*–; el mediano, para la didáctica –*Geórgicas*– y el sublime para la épica heroica –*Eneida*–. Por medio de la mención de distintos instrumentos musicales –la avena, el albogue, la lira y la trompa–, siguiendo el modelo de Góngora en el *Polifemo* con la zampoña, la cítara, y el clarín (Caldera, 1967), Verdejo construye poéticamente su carrera literaria. En primer lugar, se encontraría la obra de tema pastoril que parece haber compuesto –hoy desconocida–, que representaría el estilo humilde. En segundo lugar, conservamos una hagiografía –*Romance a la caída de San Pablo*– como ejemplo del estilo mediano. Finalmente, Verdejo habría compuesto la *Fábula* como obra de estilo épico.

Es difícil asegurar con certeza la fecha de redacción de sus obras, dados los pocos datos que se conocen de su vida y el hecho de que la mayoría de los testimonios no están fechados. Sin embargo, y partiendo de las noticias que da el mismo Verdejo en los prólogos de sus textos, los datos de las ediciones y la fecha de publicación de *La caída del apóstol San Pablo* (1699), se puede afirmar que: *La caída del apóstol San Pablo* fue escrita antes de 1699; que la versión impresa de la *Fábula del sacrificio de Ifigenia* es posterior a 1699, porque en su prólogo menciona las críticas que recibió la versión impresa de

---

20. Se trata de una edición en 4º, con cuatro hojas orladas y sin lugar ni año de edición (Alenda y Mira, 1903: 462).

La caída del apóstol San Pablo; que la *Fábula* tuvo dos redacciones distintas; y que la obra de Verdejo tuvo una considerable difusión y éxito.

Los numerosos ejemplares de la *Fábula* que se han encontrado, tanto manuscritos como impresos, parecen apoyar la idea de que Verdejo gozó de cierta fama durante algún tiempo. Cossío (1952), que solo había visto uno de estos testimonios, era de esta opinión:

> Y, con todo, debió existir edición impresa de sus poesías, o su difusión en manuscritos hubo de ser muy extensa. En América llegó a tener gran crédito. En el Ecuador era tan conocido, que el doctor Eugenio de Santa Cruz y Espejo, notable polígrafo de fines del siglo XVIII, afirma en su *Nuevo Luciano de Quito*, publicado en 1780, que los poetas más estimados en aquel remoto país eran Villamediana, Bances Candamo, el portugués fray Antonio das Changas y nuestro don Luis de Guevara y Verdejo, a quien designa por su último apellido (Cossío, 1952: 506).

A todo ello, hay que añadir que el 25 de noviembre de 1725 le fue concedida a Pedro Alejandro Arias en nombre de Nicolás Rodríguez Franco[21] la licencia y privilegio de impresión y reedición de las obras de Luis Verdejo por diez años (CONSEJOS, 50634, Exp. 97). Dado que sabemos que varias de sus obras están impresas con anterioridad a esta fecha, podemos suponer que las obras de Verdejo gozaron de suficiente fama como para ser publicadas de nuevo a partir de la década de los veinte. No obstante, a pesar del interés de este dato, no tenemos constancia de ninguna impresión de las obras de Verdejo por Rodríguez Franco.

En este sentido conviene recordar también la recepción de la obra de Verdejo en el siglo XVIII, especialmente en el mundo letrado americano[22]. Su producción poética está incluida en algunos catálogos de los mejores autores de lírica castellana, como la *Colección de poesías varias* del padre Juan de Velasco[23], en la que se recoge la *Fábula del sacrificio de Ifigenia*. En este volumen,

---

21. Sabemos que fue impresor de la Oficina Real y que se dedicó, sobre todo, a los textos históricos y de temática americana, como atestiguan los impresos conservados.

22. La influencia de Verdejo en América, especialmente en el virreinato de Perú, podría explicarse gracias al dato de que su tío abuelo, Luis Verdejo Ladrón de Guevara, partió a Perú en 1604 como sirviente de Diego Cacho de Santillana, por lo que nuestro autor podría tener familia en América, lo que ayudaría a explicar su fama allí.

23. El padre Juan de Velasco y Pedroche, jesuita afincado en Ecuador -aunque tuvo que exiliarse varias veces-, recopiló en *Colección de Poesías varias, hecha por un ocioso en la ciudad de Faenza* una selección de poemas de los mejores autores castellanos. Está formada por cinco tomos -el primero con fecha de 1790 y los siguientes con fecha de 1791-.

dedicado a los poemas heroicos compuestos en octavas reales, Velasco llega a definir a Verdejo como «[...] una de las Musas más sublimes y delicadas, que transfirieron el Parnaso Español, en el siglo XVII, y lo colocaron sobre las nubes» (Velasco, 1790: 151). Su alta consideración queda también patente en un romance de José Orozco, en el que el poeta explica sus sentimientos al verse entre autores de la talla de Verdejo, Llamosas y Lozano, afirmando que era una reunión de «tres gigantes y un pigmeo» (1979: 387).

Sin embargo, la obra de Verdejo también recibió críticas negativas, como las que aparecen en el *Nuevo Lucano* (1779) de Francisco Eugenio de Santa Cruz y Espejo (1747-1795)[24]. Se trata de un texto, construido a partir de un diálogo entre el doctor Murillo, encarnación de los valores y gustos barrocos, y el doctor Mera, el prototipo del hombre ilustrado, cuyo objetivo principal es criticar y reformar el sistema educativo jesuita en América. Para ello, el autor elige ejemplos que considera paradigmáticos de la estética gongorina, entre los que destaca la *Fábula del sacrificio de Ifigenia*, que provocan las alabanzas hiperbólicas de Murillo y las censuras de Mera.

> –Dr. Mera [...] Así por ese gusto viciado de querer siempre lo brillante más que lo sólido, lo metafórico más que lo propio, y lo hiperbólico más que lo natural, eran nuestros favoritos el Verdejo, el Villamediana, el Candamo y Antonio de las Llagas en sus cantos de *Fili y Demofonte*.
> –Dr. Murillo. Pues, y ¿qué mejor pasmosos asombros y modelos del arte? D. Luis Verdejo Ladrón de Guevara, de quien aduje, cuatro minutos secundinos ha, una octava de su métrico *Sacrificio de Ifigenia*, asciende por el bífido montuoso escalón del Parnaso hasta el cielo sidéreo de Júpiter Olímpico, y créame Vm., que sostenido en su músico vuelo de las tres aladas vírgenes Clío, Calíope y Erato, nunca baja de su safírica numerosa órbita. *Eso de llorar iras de amor con dulce*

En el primer volumen se recoge la *Fábula del Sacrificio de Ifigenia*, junto a la primera octava de la *Fábula de Polifemo y Galatea*, el *Demofoonte y Filis* de Lorenzo de las Llamosas, *La Conquista de Menorca* de José de Orozco, *La Corona convertida*, una octava de P. N. Butrón, dos de Francisco Javier Lozano y otras composiciones líricas de los autores mencionados. El tomo II, dividido en tres libros, contiene una antología de poemas de los siglos XVI, XVII y XVIII, poesías sacras y poesías diferentes; el tomo III, también dividido en tres libros, comprende las *Poesías satíricas*, las de la *Juventud Triunfante* y un *Suplemento*; el tomo IV contiene las poesías relativas a la última persecución y extinción de los jesuitas, *Lamentos por la muerte de la Compañía* [...] de Manuel Orozco y *Poesías relativas a la conservación de los jesuitas en Rusia*; por último, el tomo V incluye el *Certamen Poético que puede llamarse comedia sobre el Calvario y el Thabor*. A día de hoy sigue sin estar publicada.

24. Santa Cruz y Espejo menciona la obra de Verdejo en la «Conversación tercera», dedicada a la retórica y la poesía, y, brevemente, en la novena, que se centra en la oratoria cristiana.

anhelo. Eso de abultando en sus cóncavos ribazos, la imagen de mi voz hecha pedazos. Todo suena a gloria cantada con timbales y clarines en misas de los Patriarcas, a dirección de algún furibundo entusiasta músico (Santa Cruz y Espejo, 1981: 19).

Aunque los ataques contra el estilo gongorino son comunes en el XVIII, es muy revelador que Verdejo aparezca a la altura de autores como Villamediana o Candamo, pues nos da una idea de su éxito a finales del siglo XVII.

Asimismo, cabe destacar que, aunque abundan las críticas contra el estilo barroco de Verdejo, en el *Nuevo Lucano* también se censura el género de la *Fábula del sacrificio de Ifigenia*. Siguiendo el modelo de Voltaire en sus *Essai sur la poésie épique* (1732), Santa Cruz y Espejo argumenta que ni la fábula de Verdejo, ni el *Polifemo* de Góngora, ni el *Faetón* de Villamediana, entre otras, deben ser consideradas epopeyas, a pesar de sus aspectos notables, ya que no tienen como tema principal «una heroica empresa» (1981: 23). Por el contrario, la *Farsalia* –escrita en la primera mitad del XVII– de Juan de Jáuregui y la *Lima fundada* (1732) de Pedro Peralta merecerían ser consideradas poemas épicos, aunque Santa Cruz y Espejo censura la tendencia del primero a introducir latinismos, «[...] no por necesidad, sino por antojo» (1981: 22). Dado el interés de estas ideas, conviene detenerse un poco en la reflexión sobre el cauce poético elegido por Verdejo.

Capítulo 2

EL GÉNERO DEL POEMA: LOS EPILIOS BARROCOS

La *Fábula del sacrificio de Ifigenia* es un poema escrito en octavas reales, que sigue la estela de los epilios –ἐπύλλιον–[25], también conocidos como fábulas mitológicas, uno de los subgéneros épicos más importantes de la literatura áurea, como demuestran las más de doscientas composiciones, entre serias y cómicas, de las que tenemos noticias. A pesar de su éxito, su desarrollo no fue uniforme.

---

25. A pesar de que el uso del término «epilio» es relativamente reciente –la primera referencia conocida al término epilio data del siglo XVIII, en la edición de Ilgen de los *Homeric Hymns* (1796) (Tilg, 2012: 45)– investigadores como J. Ponce Cárdenas (2007), M. Blanco (2010) o V. Cristóbal López (2010) lo han utilizado para designar a este tipo de poemas. Esta etiqueta resuelve ciertos problemas teóricos y metodológicos asociados al concepto de «fábula mitológica». Como ya han estudiado diferentes críticos, el término adolece de falta de especificidad, al no establecer límites claros entre los distintos subgéneros de textos mitológicos (Kluge, 2014). Se trata, por tanto, de una etiqueta terminológica vaga que, en principio, privilegia el contenido sobre la forma, y que, según Cossío, queda esclarecida por medio del examen de los textos seleccionados (1952: 20). No obstante, para Kluge el trabajo de Cossío incurre en una contradicción metodológica, ya que descarta de su corpus las obras dramáticas y la poesía lírica a pesar de que por temática también tendrían que incluirse dentro de su definición de «fábula mitológica».

Aunque existe, todavía hoy, un gran debate sobre sus orígenes[26], su florecimiento data del periodo helenístico y responde a los gustos poéticos de la época, que prefería obras breves, muy cuidadas e intensas. En este contexto, se produjo un importante debate en torno al poema épico, que enfrentó las propuestas de Calímaco, defensor de la brevedad y alusión como ilustra en su *Hécale*, frente a la vertiente homérica, continuada por autores como Apolonio de Rodas en sus *Argonáuticas* (Ponce Cárdenas, 2022: 22). Así lo expresaba el propio Calímaco en su himno «A Apolo» cuando la Envidia le susurraba al dios: «No me gusta el aedo cuyo canto no es como el mar», ante lo que el hijo de Latona defendía: «[...] el pequeño chorro que mana, sin mancha y puro, de la fuente sacra: la suprema delicia» (Callim. *Hymn* 2 105-112). No fue el único; otros autores griegos también optaron por esta *épica en miniatura*, como Teócrito en sus *Idilios* o Mosco con su *Europa*.

En el mundo romano, el género comenzó a desarrollarse con la adaptación de la poesía helenística por parte de los autores neotéricos. Catulo, siguiendo el camino de su maestro Calímaco (Soler Ruiz, 1993: 38), imitó la polémica helenística al criticar los *Anales* de Volusio por su extensión, y defender la *Esmirna* y la épica breve en general: «Séanme queridas las pequeñas obras maestras <de mi amigo>, pero goce el vulgo con el hinchado Antímaco» (Catull. 95b). Los epilios latinos se concentraron en dos periodos fundamentales: la época clásica, con obras como el *Attis* y *Las bodas de Tetis y Peleo* de Catulo, la *Esmirna* de Cinna, la *Ío* de Calvo y la *Diana* de Valerio Catón y postclásica, el *Culex* y el *Moretum* (Recio García y Soler Ruiz, 1990: 515; Hömke, 2020: 449-453).

A partir del Renacimiento y con el creciente interés europeo por la cultura grecolatina[27], la mitología empezó a tener una mayor presencia en las obras literarias, como ilustran los casos de la «Égloga III» de Garcilaso de la Vega o

---

26. Algunos autores defienden que surge a partir de la época helenística; otros argumentan que también sería necesario considerar textos anteriores como la *Batrachomyomachia*, *Aspis* o incluso algunos *Himnos Homéricos* (Hömke, 2020: 447).

27. Aunque la llegada del Renacimiento trajo consigo una renovación del interés por la Antigüedad, la huella de la cultura clásica se percibe claramente en la Edad Media. Su pervivencia ha sido ampliamente demostrada por distintos estudios, tanto en el ámbito europeo, en la *Literatura Europea y Edad Media latina* de Ernst Robert Curtius o *Los Dioses de la Antigüedad en la Edad Media y el Renacimiento* de Jean Seznec, como en el peninsular en *La materia de Troya en las letras romance del siglo XIII hispano* de Juan Casas Rigall. No obstante, frente a la idea medieval, que no concebía un corte con la Antigüedad clásica, los humanistas del Renacimiento incorporan el concepto de dimensión histórica y

la *Octava Rima* de Boscán. Las *Metamorfosis* de Ovidio tuvieron un papel fundamental en el desarrollo de este género. A lo largo del XVI, muchos autores se inspiraron en la obra ovidiana y en muchas ocasiones, eligieron el cauce métrico de la octava real como la *Fábula de Adonis* y el *Hipómenes y Atalanta* de Diego Hurtado de Mendoza; el *Hércules animoso* de Juan de Mal Lara; o el *Llanto de Venus* de Juan de la Cueva (Escobar Borrego, 2002: 62).

El empleo de este tipo de argumentos clásicos, ya fuese como ornamento para otras narraciones o como tema principal de la obra literaria, empezó a perder fuerza a finales del XVI. El *ethos* clásico que había predominado durante el reinado de Carlos V sufrió a principios del siglo XVII un importante declive en las recreaciones literarias mitológicas, que abrió el camino a las parodias y recreaciones burlescas (Keeble, 1969: 85). Aunque hay excepciones, como la *Fábula del Genil* de Pedro Espinosa o la *Fábula de Acis y Galatea* de Luis Carrillo y Sotomayor, parecía, en palabras de Cossío que «la fórmula y el sentido de su composición habían caducado» (1952: 313). Sin embargo, el panorama literario cambió radicalmente en 1612 con la difusión de los grandes poemas gongorinos, en especial con *La fábula de Polifemo y Galatea,* y un poco más tarde y en clave cómica, con la *Fábula de Píramo y Tisbe.* El *Polifemo*, por su originalidad, transformó para siempre este género literario e inauguró «un nuevo ciclo en su tratamiento» al infundir «savia vigorosa en un género ya caduco y en trance de olvido» (Cossío, 1952: 317). Aunque los factores que propiciaron este *revival* mitológico son múltiples y dependen, en gran medida, del contexto histórico y social, el poema de Góngora supuso un hito en el desarrollo de este género ya que entretejió fuentes distintas para ofrecer una visión personal de los mitos; supo dotar a su obra de un carácter pictórico innovador; y creó un espacio apto para explorar un erotismo vedado a otros géneros literarios (Blanco, 2010: 68).

Se han establecido distintos criterios formales para clasificar una obra como epilio: el uso del hexámetro –en el caso de la literatura hispánica, serían las octavas reales o las silvas, principalmente–; la «brevedad» o menor escala que el poema épico; el carácter narrativo y no didáctico; y el empleo de digresiones y monólogos, que pueden integrarse en la historia principal por medio de écfrasis, relatos de otros personajes o profecías (Crump, 1997; Merriam, 2001). Perrotta (1978) también ha señalado el inicio *in medias res*

---

buscan en la lectura de los textos clásicos ideas que les permitan interpretar su propia sociedad (Schwartz, 2008: 21).

como una característica esencial de estos poemas, como sucede en los idilios XXIV y XXV de Teócrito. No obstante, algunos autores han matizado esta observación y han establecido que existen dos modalidades de epilio: por un lado, aquellos que tienen una presentación directa, es decir, los que comienzan con el plano mítico, sin necesidad de introducir un primer nivel diegético; por otro lado, los que tienen una presentación indirecta, aquellos que incluyen un marco narrativo previo, que genera un distanciamiento con el material mitológico, como sucede, por ejemplo, con el idilio XIII de Teócrito[28] o en el «Orfeo y Eurídice» del tercer canto de las *Geórgicas*[29] (Montes Cala, 1987: 265-266).

No obstante, no existe consenso en cuanto a las características que definen el contenido del género. Más allá de la materia mitológica, intentar definir el epilio por el contenido es mucho más problemático. En general, estos rasgos pueden ser factores adicionales para clasificar un texto como epilio, pero su ausencia no implica que haya que excluir un poema concreto del género. El criterio más aceptado fue propuesto por Wasyl (2011) que señalaba como rasgo definitorio la subversión o parodia de los valores épicos. Este alejamiento, no obstante, puede darse de diferentes formas. Por ejemplo, Merriam (2001) ha defendido que la característica esencial es la focalización de la narración a través de personajes femeninos, frente a la visión masculina de la épica heroica. Sin embargo, algunos autores han matizado esta observación y consideran que la clave es que la trama se enfoca a través de personajes menores de la tradición. En cambio, Koster (2002) defiende que el rasgo definitorio es la presentación de una historia de amor, normalmente el amor desdichado de una mujer. En todo caso, la crítica parece coincidir en que el género conlleva un distanciamiento de las temáticas épicas clásicas.

Asimismo, cabe destacar que desde sus orígenes el epilio se ha caracterizado por un importante sincretismo de otros géneros, hasta el punto de que puede considerarse un *genus mixtum* (Ponce Cárdenas, 2022: 24). Tanto en los epilios clásicos (Finkmann, 2020: 358) como en los modernos (Calvo, 2021: 42), se encuentran huellas de otros géneros como la égloga, la elegía o el epitalamio, pero todos ellos refundidos para crear una nueva entidad literaria.

---

28. De los ocho idilios de Teócrito de tema mitológico, cuatro tienen un comienzo directo (XVIII, XXIV, XXV y XXVI) y otros cuatro indirecto (XI, XII, XV y XXII).

29. Este segundo nivel de la diégesis empieza al atardecer en el momento en el que Aristeo ataca a Proteo para que le narre los sucesos acaecidos después de su muerte.

Esta diversidad de fuentes se aprecia, por ejemplo, en el *Polifemo*. A las características propias de los epilios, se le añaden también ciertos rasgos de la bucólica, como se aprecia en el exordio de la fábula (Béhar, 2013) o también rastros del epitalamio durante la unión de Acis y Galatea (Ponce Cárdenas, 2010).

Para nuestra investigación y de manera general, bajo la denominación de epilio, vamos a englobar obras narrativas en tercera persona, con un narrador heterodiegético, relativamente breves, que pueden contener monólogos y diálogos, aunque no constituyen el núcleo del poema, y en las que se produce algún tipo de subversión épica[30]. Dentro de esta categoría encontramos un gran número de obras, entre las que podemos destacar el *Polifemo* (1612) de Góngora, la *Fábula de Faetón* (1617) del conde de Villamediana y también la *Fábula del sacrificio de Ifigenia* de Luis Verdejo Ladrón de Guevara.

La *Fábula* cumple con todos los rasgos propios del epilio: se trata de un texto narrativo, con un narrador heterodiegético, en tercera persona. Tiene dos niveles diegéticos diferenciados –el primero, en el que se entabla una conversación entre el narrador y su dedicataria; y el segundo, que aborda la trama mitológica–, por lo que formaría parte de aquellos epilios con una presentación indirecta. Asimismo, la *Fábula* aúna elementos procedentes de otros géneros literarios. Por ejemplo, en los primeros fragmentos del exordio, Verdejo recurre a los *topoi* de la poesía bucólica de raigambre virgiliana, para rememorar la escritura de su poema pastoril y situarse como agente dentro del campo literario; o también cabe destacar el soliloquio de Ifigenia, que sigue los preceptos de los discursos forenses.

Resulta necesario señalar, sin embargo, que el elemento más original del poema de Verdejo es su temática, ya que ningún otro autor en el siglo XVII había usado este género para tratar el mito de Ifigenia. Por el contrario, la historia de la hija de Agamenón tuvo mayor desarrollo en el teatro (Márquez

---

30. Aunque el estudio de los epilios se ha centrado, sobre todo, en el desarrollo y constitución del género durante la época helenística, también existen estudios dedicados a su evolución durante la Edad Moderna. Así, Weaver (2012) ha resaltado la importancia del tema de la transición a la edad adulto de los niños-protagonistas, como Faetón o Adonis, de los epilios ingleses de finales del siglo XVI. En sus trabajos, Kluge (2012, 2013, 2014), ha ahondado en la relación ambigua entre la estética y la moral barroca en estos poemas y propuso que una de las características esenciales del género era la aparición de una diglosia, que permite a los autores explorar temas, como el erotismo, de manera más abierta que lo que permitían otros géneros.

Martínez, 2022). A pesar de ello, contamos con antecedentes importantes dentro de la literatura hispánica, como el «Capítulo» de Boscán que, como veremos en los próximos epígrafes, sirvió de inspiración para varias partes del poema.

Cabe preguntarse, no obstante, hasta qué punto puede considerarse subversivo el tema de la composición. Siguiendo la propuesta de Merriam (2001), creemos que el hecho de que el poema focalice los acontecimientos de Áulide a través del punto de vista de Ifigenia –al menos en la primera versión– y que profundice en los motivos de la diosa para pedir el sacrificio, en detrimento del desarrollo psicológico de Agamenón, debe leerse como un distanciamiento de las epopeyas clásicas. Al centrar su epilio en la visión de los personajes femeninos, Verdejo reformula el mito y lo aleja de la interpretación masculina clásica de la épica heroica.

En este sentido, resultan muy reveladoras las palabras de Santa Cruz y Espejo, con las que acabábamos el epígrafe anterior, ya que argumentaba que la *Fábula* no trataba «una heroica empresa». El mismo Verdejo, en su *propositio* indicaba que: «tragedias canto, pero no de amores», lo que demuestra que tampoco pensaba que su obra narrase hazañas heroicas. Al contrario, al final de su epilio anunciaba que colgaba su lira hasta que «Marte» le volviese a inspirar otro poema, esta vez, de corte claramente épico. Por todo ello, y a pesar de que es uno de los eventos más importantes que preceden a la guerra de Troya, parece evidente que los lectores de Verdejo leyeron la *Fábula* como una obra que se alejaba de los moldes épicos tradicionales.

Capítulo 3
EL CONTEXTO DEL POEMA: PANORAMA DEL MITO DE IFIGENIA

El mito de Ifigenia, además, ha cautivado durante siglos la imaginación de los autores occidentales. Los motivos de los sacrificios humanos, la obediencia a los dioses, los conflictos entre la comunidad y la familia, la culpa heredada y el paso a la edad adulta se entremezclan para crear una historia que se ha mantenido viva hasta nuestros días.

Antes de continuar y para comprender el mito en su totalidad, es imprescindible describir el contexto en el que se sitúa y la importancia del antagonismo y las desgracias familiares del linaje de los Atridas. La tragedia tiene su origen en los conflictos y las venganzas fraternales entre Atreo y su hermano gemelo Tiestes, y en el infame banquete que el primero preparó al segundo con la carne de sus hijos. Tras el asesinato de Atreo a manos de Egisto, Agamenón heredó el trono de Micenas y mató a Tántalo, su primo, y al hijo recién nacido de éste, dejando viuda a Clitemnestra, con quien después se casó. Aunque Clitemnestra aceptó el matrimonio con reticencias, tuvo con Agamenón varios hijos, cuyo número y nombre varía según la tradición, aunque, generalmente, se identifica a Ifigenia, Electra, Crisótemis[31] y Orestes.

---

31. Personaje de la *Electra* de Sófocles y se alude a ella en la *Ilíada* como hija de Agamenón, donde no se nombran ni a Electra ni a Ifigenia como hijas del caudillo.

Años más tarde, y tras el rapto de Helena, consecuencia directa del juicio de Paris para dictaminar quién era la más bella de las diosas, Menelao pidió ayuda a Agamenón y al resto de caudillos griegos para recuperar a su mujer y vencer en la guerra contra Troya. Sin embargo, cuando las tropas ya estaban reunidas en Áulide para zarpar, se produjo un incidente, que puso a la diosa Ártemis en contra de los griegos. Fuera cual fuese, provocó el fin del buen tiempo e impidió que los barcos zarpasen. Los generales griegos se impacientaron y pidieron consejo al adivino Calcas, que les indicó que la única manera de aplacar la ira de la diosa era sacrificar a la hija de Agamenón. Aunque, al final, Agamenón acabó cediendo a las demandas del resto de caudillos griegos, sus dudas suelen tener un papel importante en la mayoría de las versiones de este mito. Una vez que lograron su consentimiento, Odiseo ideó un plan para convencer a Clitemnestra de que entregase a Ifigenia. Para ello, organizaron una embajada para traer a la joven con la promesa de su matrimonio con Aquiles. Existe una importante variación entre las relecturas que se tienen de esta primera parte del mito, pues, en unos casos, Ifigenia murió sacrificada y en otros casos, Ártemis se apiadó de ella y la salvó en el último momento para trasladarla a Táuride. Los hechos que tienen lugar en este nuevo escenario se engloban en la segunda versión del mito, que denominaremos «Ifigenia entre los tauros».

El sacrificio de Ifigenia a manos de su padre, Agamenón, fue para Clitemnestra una prueba de la ambición desmedida de su marido y de su incapacidad para enfrentarse a su hermano Menelao y al resto de comandantes griegos. El sacrificio de su primogénita sirvió de justificación a la reina para el asesinato de su marido, que planeó y ejecutó junto con su amante, Egisto, a su regreso de Troya. Estos hechos dieron comienzo al ciclo mítico de la *Orestíada*, pues Orestes, persuadido por Electra y después de consultar al dios Apolo, quien le advirtió de que esta venganza estaba permitida, mató a su madre para poder vengar el asesinato de su padre. Sin embargo, a pesar de la promesa de Apolo, el matricidio le supuso la persecución de las Erinias, que acabaron por volverlo loco.

Para poder ser liberado, se tuvo que celebrar un juicio, presidido por Atenea. Los votos del jurado se repartieron, considerándolo la mitad culpable y la otra mitad inocente, pero el voto de la diosa, que se encontraba entre los que defendían su inocencia, hizo inclinar la balanza a su favor. Para curarse definitivamente de la locura, Orestes le preguntó a Apolo qué debía hacer, y el oráculo le contestó que debía buscar una estatua de Ártemis en el país de los tauros, en la península del Quersoneso. Al llegar a

Táuride, tanto Orestes como su compañero Pílades son capturados y conducidos al templo para ser sacrificados.

A partir de este momento, comienza la segunda parte del mito de Ifigenia. Como ya hemos comentado, Ártemis salvó a la joven hija de Agamenón y la llevó a Táuride, donde la consagró a su culto. Según las costumbres locales, Ifigenia, como sacerdotisa del templo de Ártemis, debía sacrificar a todos los extranjeros que arribaban a las costas de su nuevo hogar. Al principio, los dos hermanos no se reconocieron, pero tras hablar con los prisioneros, Ifigenia descubrió su identidad e ideó un plan para escapar. Ifigenia le dijo al rey Toante que los prisioneros eran impuros para el ritual por culpa de los crímenes que habían cometido y que, antes de sacrificarlos, era necesario que fuesen purificados en el mar. Gracias a esta estrategia, Orestes, Pílades e Ifigenia lograron robar la estatua y huir a Grecia.

Además de estos dos capítulos, que son los más conocidos, existe una tercera parte, que solo nos ha llegado a través de las *Fábulas* (CXXI-CXXII) de Higinio. La reconstrucción de esta historia es compleja porque no ha llegado a nuestros días ni el *Crises* de Sófocles ni el de Pacuvio (Hall, 2013: 147), pero Higinio indica que en este nuevo episodio Crises el Viejo, sacerdote de la isla de Esmintos y padre de Criseida, la cautiva de Agamenón, y su nieto Crises el Joven, ayudaron a Orestes e Ifigenia a matar a Toante, ya que Crises el Joven no era el hijo de Apolo y Criseida, como esta había dicho, sino que en realidad era hijo de Agamenón, y, por tanto, hermanastro de Ifigenia y Orestes. Tras la muerte de Toante, los jóvenes griegos continuaron su periplo para llegar a su hogar. Mientras tanto, en Micenas un mensajero había advertido a Electra de que su hermano había sido sacrificado en Táuride en honor a la diosa. Aletes, hijo de Egisto, al enterarse de las noticias, trató de hacerse con el trono del reino. Ante esta situación, Electra, para buscar respuestas a la muerte de su hermano, se dirigió a Delfos, donde se encontró con Orestes e Ifigenia. Electra, con la ayuda del mensajero, reconoció a la sacerdotisa táurica y se enfrentó a Ifigenia para vengar la muerte de su hermano. Sin embargo, la intervención de Orestes provocó una anagnórisis que logró poner un final feliz a las desgracias que habían asolado al linaje de los Atridas.

Se trata por tanto de una saga mítica compleja en la que se dan la mano muchos motivos diferentes y que ha sido empleada en contextos diversos y con objetivos concretos. Su origen es antiquísimo y, probablemente, como muchas prácticas sacrificiales, se retrotrae a los rituales de purificación de los cazadores paleolíticos, donde la división entre caza y sacrificio no era tajante (Burkert, 2013: 19-124). Las primeras menciones literarias del personaje de Ifigenia se encuentran en la épica arcaica. A pesar de que el mito no aparece en la épica homérica[32], sabemos que estaba incluido en la obra perdida de los *Cantos Ciprios* de Estasino, quien se asume que fue el autor o, al menos, el desarrollador del mito dentro de la épica griega.

No obstante, el autor griego que más trató el tema fue Eurípides al dedicarle dos tragedias a la joven princesa griega, *Ifigenia entre los Tauros* (h. 414 a. C.) e *Ifigenia en Áulide* (h. 409 a. C.), junto a otras tres obras protagonizadas por miembros de su familia: *Helena, Las troyanas* y *Orestes*. Mientras que en su *Ifigenia en Áulide*, se centraba en su sacrificio, el primer derramamiento de sangre de la guerra de Troya, en *Ifigenia entre los tauros*, ponía fin a las desgracias del linaje de los Atridas.

El mito también tuvo vigencia en Roma, especialmente, los acontecimientos de Táuride, por tres motivos: en primer lugar, por la asimilación de este mito con ciertos rituales que se practicaban en la península itálica desde antiguo[33]; en segundo lugar, por la importancia que adquirió el mito para el programa ideológico del reinado de Octavio Augusto[34]; y, finalmente,

---

32. Aunque en los poemas homéricos no se menciona explícitamente el motivo del sacrificio, algunos autores han defendido que puede haber referencias implícitas en *Il.* I 68-72 y en *Il.* I 106-108 (Revert Soriano, 2012: 29).

33. Con respecto a los cultos de la península itálica, cabe destacar los rituales que se practicaban en el templo de Aricia en honor a la Diana Nemorensis en la región del Lacio, próximo al lago Nemi. Esta diosa, venerada desde antiguo y cuyos atributos se asemejaban a los de la divinidad griega, fue asimilada con la Ártemis Táurica, probablemente entre los siglos VI y IV a. C., fechas en las que se han encontrado numerosos restos arqueológicos, generalmente piezas funerarias de cerámica, aunque también bajorrelieves. Estos testimonios arqueológicos no solo demuestran el proceso de sincretismo entre ambas diosas, sino que ilustran, de igual modo, la pervivencia del mito (Green, 2007: 22; Hall, 2013: 141).

34. Octavio Augusto, cuya madre provenía de esta zona según Cicerón, tuvo un interés particular en el culto aricino, especialmente a partir de la batalla de Accio. Probablemente fue por esas fechas cuando trasladó los huesos de Orestes desde Aricia a Roma, exponiéndolos en una urna en el templo de Saturno, cerca del templo de la Concordia, según apuntan Higinio (*Fab.* 261) y Servio (*ad Aen.* II.116) y se ve en un friso de la época claudiana, que muestra a Diana y a Apolo a cada uno de los lados de la urna donde descansarían los restos de Orestes (Green, 2007: 41). Sus huesos, que se convirtieron en uno de los siete *pignora imperii* (Serv. *ad Aen.* VII.188), tenían la función de librar a la ciudad y al imperio de las desgracias tras la guerra civil. Como han analizado muchos autores (Hölscher, 1990; Green, 2007; Tilg, 2008; Hall, 2013), Octavio Augusto se autoidentificó con la figura de Orestes, atribuyéndose a sí mismo el papel de vengador, esencial dentro

por la amistad de Orestes y Pílades, que funcionó como paradigma de las virtudes romanas, especialmente durante la República. Aunque la literatura latina prefirió el tema de «Ifigenia entre los tauros», también encontramos versiones del sacrificio de la joven. En todo caso, las versiones que tuvieron más repercusión en la literatura hispánica fueron las de Ovidio, que trató en varias ocasiones el mito: en las *Metamorfosis* XII, 24-38; en las *Tristia.* I 9, 28 y IV 4, 67; y en las *Pónticas* III 2, 62.

El paso a la Edad Media no disminuyó el interés por este mito, que se mantuvo vigente, reinterpretado por la mentalidad cristiana, como en la *General Estoria* de Alfonso X o en el *Libro de las diez qüestiones* de Alonso Fernández Ribera de Madrigal, también conocido como el Tostado. A partir del Renacimiento, la cultura clásica despertó un nuevo interés en toda Europa, lo que se reflejaba en las múltiples traducciones y ediciones que se hicieron de los autores griegos y latinos. Sin duda, este nuevo auge, favoreció la aparición de obras que giran en torno a Ifigenia. Una de las primeras muestras es la traducción de Erasmo de Rotterdam de la *Ifigenia en Áulide* de Eurípides al latín en 1524. También habría que tener en cuenta la recreación de Lodovico Dolce (1551) de *Ifigenia en Áulide* de Eurípides, no solo porque es un reflejo de la pervivencia del mito de Ifigenia en la cultura europea, sino también por las profundas relaciones que se establecen a lo largo del siglo XVI entre España e Italia. No obstante, fue hacia finales del siglo XVII y durante todo el XVIII, cuando experimentó un mayor auge, con cuatro grandes hitos literarios: la *Iphigénie* (1674) de Racine, y las *Ifigenias* (1774 y 1779) de Gluck, y la *Ifigenia en Táuride* (1787) de Goethe.

---

de su programa ideológico (Tilg, 2008: 369). Sin duda, la figura de Orestes y, el culto a Diana, tuvieron que ser muy apreciados por Octavio Augusto, hecho que, para algunos autores, influyó en el gran auge del mito en esta época (Green, 2007: 120). Así, escritores anteriores o contemporáneos a Octavio Augusto como Cicerón, Horacio, Lucrecio u Ovidio trataron el mito en distintas obras.

Capítulo 4
LA FÁBULA DE VERDEJO

4.1. Sinopsis

La *Fábula del sacrificio de Ifigenia* comienza con un exordio de diez octavas, en el que además de alabar a su dedicataria –la duquesa de Aveiro–, se incluyen distintas estrategias de autoafirmación autorial. Tras estas estrofas, el poema comienza con una presentación de Áulide. Verdejo dedica estos primeros versos a situar la ciudad en la península de Beocia en el mar Egeo y a mostrar cómo Áulide parece dominar la costa y alcanzar el cielo con sus torres. Allí, se reúne la armada griega para zarpar contra Troya debido a lo resguardado de su puerto y a lo calmado de sus aguas. En la recreación de Verdejo, como en la mayoría de las versiones antiguas, el origen del conflicto troyano es el juicio de Paris y su elección de Afrodita como la más hermosa. Tras su victoria, la diosa favoreció el robo de Helena, la esposa de Menelao. Verdejo no incluye, por tanto, ningún tipo de juicio moral sobre Helena, al entender que no es culpable de su propio rapto.

La acción de Paris despierta la furia de Menelao, al que se une el resto de griegos por ser el rey más importante de Grecia: «Partícipe en la ofensa de su dueño,/ el vasto imperio se alistó a porfía/ debajo de su nombre, en cuyas glorias/ concibió su venganza las victorias» (Verdejo, 22). Reunidas en Áulide, las tropas griegas esperan que pase el invierno para que lleguen los vientos favorables. Agamenón, entonces, decide salir de caza con algunos generales. En su afán venatorio, traspasa los terrenos consagrados a Ártemis y empieza a matar, indiscriminadamente, a todos los animales que se encuentra. No es, sin embargo, la única ofensa que comete contra la diosa. No satisfecho con la masacre, Agamenón consagra los trofeos de su cacería a la belleza de su hija Ifigenia. Al ver cómo el general griego menosprecia su hermosura divina, Ártemis empieza a planear una venganza mayor que la que sufrió Níobe por vanagloriarse de ser mejor que Leto, la madre de Apolo y Ártemis. La diosa, tras meditar su plan, decide esperar el momento propicio para castigar a Agamenón, mientras considera las posibles implicaciones de un enfrentamiento contra Zeus.

Una vez llega la primavera al puerto de Áulide, el ejército griego se pone en marcha. Tras zarpar, la diosa hace que se desate una gran tormenta, que hace naufragar muchos barcos de la armada. Los supervivientes nadan hasta la playa y buscan asilo en su templo. Allí, deciden consultar a Calcas las causas de las inclemencias meteorológicas. El adivino consulta las entrañas de un animal, pero antes de que, horrorizado, pueda informar al resto de griegos de la ira de la diosa, una estatua de Ártemis cobra vida para manifestar que, tras las dos ofensas que han cometido, solo la sangre de Ifigenia podría calmarla y permitir que los griegos venzan a los troyanos. Ante estas noticias, Agamenón se sume en un estado de indecisión entre su amor paterno y sus obligaciones como jefe de las tropas griegas. Finalmente, los gritos del ejército, que pide la sangre de Ifigenia: «La infanta ha de morir, pues nuestras vidas/ son de el cielo en la suya aborrecidas» (Verdejo, 98), le hacen decidirse y sentencia a muerte a su hija.

El ejército empieza a preparar el altar para la inmolación y a talar árboles para la pira ritual. Los soldados conducen a Ifigenia, que se encuentra en el campamento griego sin la compañía de su madre, al altar, donde Calcas la espera para el sacrificio. Tras una pequeña plegaria a la diosa, el adivino deja caer el cuchillo sobre el cuello de la joven princesa que cae, muerta, sobre al altar. Finalmente, Verdejo, incapaz de describir el dolor de Agamenón, finge cubrir con un velo su poema, tal y como había hecho el pintor griego Timantes en su célebre pintura:

> De el padre, que... mas cese mi lamento,
> a expresar su quebranto lastimoso,
> corriendo a sus afectos doloridos
> los velos de el silencio obscurecidos (Verdejo, 117).

4.2. Los dos estadios de redacción

El estudio de la *Fábula del sacrificio de Ifigenia* ha sido un proceso complejo, debido a los numerosos testimonios que hemos manejado y al importante número de variantes que presentan. Incluimos a continuación la lista de los testimonios conservados:

— *V*: Las ediciones impresas. V_1 es el impreso VE/518/23 de la Biblioteca Nacional de España; V_2 es el impreso de la Hispanic Society; V_3 es el impreso 6 in: Du 1 de la Biblioteca Estatal de Berlín. Aparecen reunidos bajo la letra *V*.

— *G*: Es el manuscrito Ms/ 5915 de la Biblioteca Nacional de España. Es el que presenta una redacción distinta.

— *As*: Es el manuscrito A 333/ 092 del Fondo Antiguo de la Universidad de Sevilla.

— *Am*: Es el manuscrito Ms/ 18148 de la Biblioteca Nacional de España.

— *S*: Es el manuscrito CO-Ch-US-AHCRS-DMV-1.1.1.R27 del Archivo Histórico Cipriano Rodríguez Santa María de la Universidad de La Sabana –Colombia–.

— *E*: Es el manuscrito ML122 ms. de la Biblioteca Nacional Eugenio Espejo. El testimonio se encuentra en el tomo I de la *Colección de poesías varias, hechas por un ocioso en la ciudad de Faenza* [s. n. t.], del padre Juan Velasco.

Para empezar, es necesario que nos detengamos en el examen del testimonio *G*, ya que consideramos que se trata de una primera versión del poema. Los motivos que nos llevan a plantear esta hipótesis son múltiples. En primer lugar, *G*, además de presentar numerosas variantes textuales, tiene 38 estrofas más que el resto de los testimonios conservados; es decir, mientras que *V*, *AS*, *AM*, *S* y *E* están compuestos de 118 octavas, *G* tiene 155[35]. Esta diferencia de estrofas afecta a la estructura del epilio y, además, conlleva cambios en el tratamiento del material mitológico, por lo que es posible afirmar que nos encontramos ante dos estadios de redacción diferentes.

A su vez, hay que tener en cuenta que *G* no incluye el prólogo al lector, un paratexto que ofrece muchos datos sobre la impresión, publicación y

---

35. Aunque hay una estrofa, dedicada a la descripción de Áulide, en *V*, *AS*, *AM* y *S* que no aparece en *G*.

recepción de *La caída de San Pablo* (1699), lo que podría ser un indicio de que todavía no había dado sus obras a la imprenta. Asimismo, como el mismo Verdejo admite en este prólogo, estamos ante un autor consciente de su obra, pues menciona la vida manuscrita que había tenido su poema y afirma que ha corregido el texto para ofrecerle la mejor versión posible a sus lectores. Se trata, por tanto, de un escritor con clara conciencia autorial e interés por preservar su propia obra y su capital simbólico. Por ello, parece lógico asumir que la versión impresa (la de *V*, *AS*, *AM*, *S* y *E*) es la versión final de Verdejo y, por tanto, el segundo estado de redacción.

A todo ello, habría que añadir que *G* presenta una firma diferente a la del resto de testimonios: mientras que en *G* aparece el nombre «Luis Verdejo de Guevara», en los otros siempre firma como «Luis Verdejo Ladrón de Guevara». Este hecho puede deberse a que el autor todavía no había decidido su nombre de pluma definitivo y que estuviese probando con distintas combinaciones.

En resumen, *G* destaca frente al resto de testimonios por: 1) la ausencia del prólogo «Al lector»; 2) el empleo de una firma diferente; 3) un estado de redacción distinto. A todo ello, además, hay que sumar el conocimiento que tenemos del *usus scribendi* de Verdejo. La suma de todos estos datos parece apuntar a que *G* constituye un estado de redacción anterior al resto de testimonios.

Este proceso de creación poética no representa un caso aislado en el panorama de la épica aurisecular. Ya fuese por el arrepentimiento de haber sacado a la luz un texto demasiado pronto, movidos por la necesidad o el deseo de darle «una difusión y visibilidad inmediatas» (Pintacuda, 2022: 302), o por la búsqueda de perfección por medio de la *labor limae* (Rico García, 2022: 280) este tipo de cambios son relativamente comunes. Así lo ilustran los casos de la *Araucana* de Ercilla (Gómez Canseco, 2022: 1044), *El sitio y toma de Amberes* de Miguel Giner (Pintacuda, 2022: 290), el *Monserrate* de Cristóbal de Virués (Baldissera, 2014) o *La Farsalia* de Juan de Jáuregui (Rico García, 2022). También encontramos ejemplos en los que el autor modifica sustancialmente su obra a lo largo de los años en el campo de los epilios, como muestran *Eco y Narciso* o *Gelia y Flaminio* de Manuel de Faria e Sousa. Ante esta situación, la filología de autor, que permite «reconstruir las sucesivas etapas del proceso redaccional» o «rescatar distintos estadios compositivos» (Baldissera, Bonilla Cerezo, Pintacuda y Tanganelli, 2022: 11-12), nos aporta las herramientas necesarias para enfrentarnos a la edición de este tipo de textos.

Por ello, en el caso de Verdejo, hemos optado por ofrecer a los lectores de la *Fábula del sacrificio de Ifigenia* una edición que presente los dos estadios de redacción hallados, para poder contrastar ambas versiones. Esta doble presentación ayuda a comprender mejor la genética textual de este poema y los cambios que experimentó a lo largo del tiempo. Así, en primer lugar, permite apreciar a los lectores su evolución estilística, el desarrollo de los distintos estadios compositivos y las variantes de autor. A su vez, favorece el cotejo de los cambios en el tratamiento del mito y la caracterización del personaje de Ifigenia –más cercana a Esquilo que a Eurípides–, que resulta fundamental para comprender la tradición hispánica de este mito. Finalmente, este tipo de edición también facilita el análisis del desarrollo de la construcción del género del epilio. De este modo, y como veremos, podemos comprobar cómo la versión recogida en el impreso realza los elementos descriptivos de su poema en detrimento de los aspectos dramáticos.

4.3. Estructura del epilio

Dado que contamos con dos redacciones del poema, resulta necesario cotejarlos para analizar los motivos que llevaron a Verdejo a cambiar la estructura del poema y examinar cómo estos cambios afectaron al tratamiento del material mitológico.

Testimonio G	Resto de testimonios

1. Proemio
  1.1. Cantos previos (penas de amor):
    2 estrofas
  1.2. Tema del canto, invocación a la
    musa Euterpe y consagración
    poética: 2 estrofas
  1.3. Dedicatoria y *captatio*: 6 estrofas
	1. Proemio
	  1.1. Cantos previos (penas de amor):
	    2 estrofas
	  1.2. Tema del canto, invocación a la
	    musa Euterpe y consagración
	    poética: 2 estrofas
	  1.3. Dedicatoria y *captatio*: 6 estrofas

2. Puesta en escena
  2.1 Áulide
    2.1.1. Ubicación: 2 estrofas
    2.1.2. Descripción de Áulide y sus
    alrededores: 8 estrofas
  2.2. Grecia y sus tropas
    2.2.1. Razones de la guerra: 4 estrofas
    2.2.2. Descripción del entorno donde
    se encuentran las naves: 6 estrofas
	2. Puesta en escena
	  2.1 Áulide
	    2.1.1. Ubicación: 3 estrofas
	    2.1.2. Descripción de Áulide y sus
	    alrededores: 8 estrofas
	  2.2. Grecia y sus tropas
	    2.2.1. Razones de la guerra: 4 estrofas
	    2.2.2. Descripción del entorno donde
	    se encuentran las naves: 6 estrofas

Testimonio G	Resto de testimonios

3. Ofensa de Agamenón a Ártemis
  3.1. Caza y furia de Ártemis: 4 estrofas
  [3.1.] Descripción de Ifigenia. Error de copia. *Transmutatio*: 4 estrofas
  3.1. Se retoma la descripción de la caza 5 estrofas
  3.2. Venganza de Ártemis: 2 estrofa
      3.2.1. Descripción de Ifigenia: 2 estrofas
      [3.2.1.] Descripción de una escena de cetrería. Error de copia: *Transmutatio*: 4 estrofas
      Una estrofa más dedicada a la descripción de Ifigenia
      3.2.2. Decisión de Ártemis: 4 estrofas
  3.3. La tropa se pone en marcha: 6 estrofas
      3.3.1. Tormenta: 16 estrofas
      3.3.2. Calma: 4 estrofas
	3. Ofensa de Agamenón a Ártemis
	  3.1. Caza y furia de Ártemis: 9 estrofas
	
	  3.2. Venganza de Ártemis: 2 estrofas
	      3.2.1. Descripción de Ifigenia: 6 estrofas
	      3.2.2. Decisión de Ártemis: 4 estrofas
	
	  3.3. La tropa se pone en marcha: 6 estrofas
	      3.3.1. Tormenta: 16 estrofas
	      3.3.2. Calma: 4 estrofas

4. Descubrimiento de la ofensa
  4.1. Holocausto a Ártemis: 4 estrofas
  4.2. Calcas: 4 estrofas
  4.3. La estatua cobra vida: 7 estrofas
  4.4. Descripción de los efectos de la voz de la estatua: 4 estrofas
  4.5. Ifigenia se entera del dictamen de la diosa: 3 estrofas
	4. Descubrimiento de la ofensa
	  4.1. Holocausto a Ártemis: 4 estrofas
	  4.2. Calcas: 2 estrofas
	  4.3. La estatua cobra vida: 7 estrofas

5. Decisión
  5.1. El pueblo pide la muerte de Ifigenia y dudas de Agamenón: 9 estrofas
  5.2. Preparativos del sacrificio: 7 estrofas
  5.3. Muerte de Ifigenia: 33 estrofas. 4 estrofas para conducir a Ifigenia al ara + 22 de parlamento de Ifigenia + 7 estrofas de sacrificio
	5. Decisión
	  5.1. El pueblo pide la muerte de Ifigenia y dudas de Agamenón: 9 estrofas
	  5.2. Preparativos del sacrificio: 7 estrofas
	  5.3. Muerte de Ifigenia: 9 estrofas 3 estrofas para conducir a Ifigenia al ara + 6 estrofas de sacrificio

6. Final del canto y esperanza de inmortalidad: 2 estrofas	6. Final del canto y esperanza de inmortalidad: 2 estrofas

Si comparamos la estructura de ambas versiones, nos damos cuenta de que, frente al resto de testimonios, *G* dedica muchas más estrofas a la descripción de personajes y de acciones: dos estrofas más para la descripción de Calcas, el adivino; cuatro estrofas para una escena de cetrería; cuatro estrofas sobre los efectos de la voz de Ártemis en la naturaleza; tres sobre la reacción de Ifigenia al enterarse de que debe ser sacrificada; veintidós estrofas para un soliloquio final de Ifigenia antes de su sacrificio en el que critica duramente la religión pagana; y, por último, una estrofa más en la que Calcas consagra el sacrificio de Ifigenia a Ártemis. Todos estos cambios no solo afectan individualmente a varios versos, sino que varían la estructura general del poema, como se observa al comparar las dos *partitiones*.

Parece evidente, pues, que el segundo estado de redacción ofrece un poema más conciso y menos dramático. En este segundo estado, se reducen, en gran medida, los diálogos entre personajes y también se elimina el lamento de Ifigenia en estilo directo –a pesar de que este tipo de soliloquios constituyen una práctica común en el género de los epilios, como sucede en el *Polifemo* de Góngora o en la *Ariadna* de Salcedo Coronel–. A ello, además, hay que añadir la adición de una estrofa más en la descripción del paisaje de Áulide en el segundo estado de redacción. Todos estos cambios podrían mostrar el interés de Verdejo por realzar el carácter descriptivo del poema[36], siguiendo, sin duda, el camino abierto por Góngora en sus poemas mayores, al aumentar la importancia de la «narración sin fábula» que ha estudiado la profesora Blanco (2012: 133). Este proceso de pérdida de la dramatización de los mitos fue una tendencia común a las fábulas mitológicas.

Desde el punto de vista formal, se observan, también, múltiples cambios; desde aquellas variantes sinonímicas –como, por ejemplo, en *sonora* por *canora*– hasta aquellas que afectan al significado –como en la primera octava, donde *el político disfraz* de G pasa a ser *el rústico disfraz*[37]–. Dentro de este último grupo, encontramos algunas que, probablemente, se expliquen por motivos estéticos –como el cambio de *la ardiente llama* de G, a *la errante llama*–; y aquellas que modifican la interpretación del mito, como cuando el temor de

---

36. Aunque no se puede descartar la posibilidad de que sea un error de copia de G, por omisión, creemos que las palabras de Verdejo en el prólogo a *La caída de San Pablo* –«Ahora corregido en muchas coplas, si aumentado en algunas [...]» (Verdejo, 1699: A2v)– parecen apuntar a que es un autor que tiende a la revisión y corrección de sus propias obras, lo que podría haberle llevado a añadir esta estrofa en el segundo estado de redacción.

37. El cambio podría explicarse como una referencia gongorina ya que el adjetivo «político» para referirse a una máscara pastoril aparece ya en *Las Soledades*, en la descripción del anciano que había sido mercader (Jammes, 1994: 270).

Agamenón ante la sentencia de la diosa –*Solo vive a el temor con pesar tanto*– se convierte en dolor –*Solo vivo a el dolor con pesar tanto*–. Conforme avanza la *Fábula*, hay cada vez más cambios sintácticos que afectan al conjunto del verso, llegando, a veces a modificar la rima de las octavas, especialmente, en el pareado final.

Finalmente, el examen de ambos estadios de redacción nos ha permitido resolver, además, algunos errores de copia de los testimonios conservados. Entre ellos, el más importante y que dificultaba mucho la lectura de *G*, era el intercambio de dos escenas, una en la que se describe a Ifigenia y otra dedicada a la cetrería. Es decir, en el manuscrito *G*, en medio de las estrofas que narran la caza de Agamenón, se insertaba una descripción de cuatro estrofas sobre la belleza de Ifigenia, y en la presentación del personaje de la joven doncella, aparecía una escena de cetrería de cuatro estrofas[38].

4.4. Fuentes de Verdejo

Como hemos visto, el epilio de Verdejo sigue la tradición de «Ifigenia en Áulide», sin hacer referencia a los acontecimientos del país de los tauros. En este sentido, resulta necesario señalar que su tratamiento de las fuentes es único en la tradición hispánica, pues imbrica textos de muy diversa procedencia e introduce motivos nuevos en la trama. Para poder analizarlas conviene que nos centremos, en primer lugar, en el influjo de Góngora, cuya huella no se limita al carácter predominantemente descriptivo de la *Fábula*. Ya desde la dedicatoria, que comienza con el tópico del elogio al mecenas y la solicitud de su atención, se percibe esta influencia.

Las dos primeras estrofas de la dedicatoria se centran en la alabanza de la belleza de su mecenas. Sin embargo, no sigue el tópico de la *descriptio puellae*, sino que opta por seguir la estela del neoplatonismo, al evitar la descripción de sus rasgos físicos y elogiar la luz que irradia[39]. En estas octavas, Verdejo recrea ficcionalmente un diálogo para subrayar la cercanía entre él

---

38. La dificultad era todavía mayor debido a que esta escena de cetrería no se encuentra en el resto de los testimonios.

39. El hecho de que no se centre en sus rasgos físicos, y que solo destaque esta luz, asociada a la belleza espiritual, refuerza la hipótesis de que se trata de la duquesa de Aveiro por dos razones fundamentales: la primera es que casa bien con su espíritu profundamente religioso; no por nada era conocida como la «madre de las misiones». La

y su mecenas. Aunque se trata de un recurso tópico, que, en la poesía áulica, se retrotrae a Virgilio, Verdejo añade ciertas variaciones frente a sus modelos. Mientras que, en las dedicatorias precedentes se solía pedir al mecenas que escuchase el canto del poeta, en la *Fábula* se va un paso más allá. Además de pedirle a su mecenas que le dedique un poco de su atención, Verdejo solicita que le escuche de la misma manera que ya lo había hecho antes. La cercanía entre poeta y dedicataria se subraya, dado que estos versos ilustran una relación previa entre ambos. Además, supone un espaldarazo a su obra poética, que se erige digna de que su mecenas le haya dedicado varios momentos de su ocupado tiempo. La obra de Verdejo es, pues, suficientemente buena como para que la duquesa ocupe su *otium* en escuchar, en distintas ocasiones, sus versos[40].

Tradicionalmente, la presentación del dedicatario del poema –en general, una persona de la nobleza– se hacía mediante su asimilación a una figura histórica o mítica equiparable en poder (Blanco, 2012). El poeta solía dirigirse al mecenas, que se encontraba sumido en el *negotium*, para pedirle que escuchase su obra. Góngora, siguiendo probablemente a Sannazaro (Béhar, 2013), varió este esquema y, tanto en la dedicatoria del *Polifemo* como en la de las *Soledades*, situó a sus dedicatarios en un momento de descanso durante una cacería. Muchos comentaristas criticaron este hecho. Sin embargo, esta presentación no disminuye la importancia del mecenas, sino al contrario, pues revela «[...] la ostentación de un señorío sobre la naturaleza, como si manifestara el misterioso carisma del príncipe y su parentesco con la divinidad» (Blanco, 2012: 117). Verdejo mantiene este esquema gongorino y presenta a la dedicataria, la duquesa de Aveiro, como una nueva Ártemis cazadora[41]:

---

segunda es que, en la época de redacción del poema, la duquesa de Aveiro tendría unos sesenta años, por lo que este tipo de elogios habrían resultado más adecuados.

40. Asimismo, es remarcable el tratamiento reverencial de *vos* que emplea Verdejo, en contraste con el *tú*, probablemente latinizante, que utiliza para invocar a Euterpe. Aunque este tratamiento reverencial no aparece en las dedicatorias de Garcilaso ni de Góngora, que siguen a Virgilio, tenemos ejemplos del uso del *vos* en otros autores como Camoens en su égloga VI y Carrillo y Sotomayor en su *Fábula*. Por último, y al igual que en la tradición anterior, Verdejo también incluye el empleo de las locuciones conjuntivas «en tanto», que aparece tres veces, y la aparición de distintos imperativos –«oíd», «escuchad», «atended» y otra vez «atended»– dirigidos a la duquesa.

41. La comparación de la duquesa con la diosa Ártemis puede resultar curiosa en una *Fábula* que trata el mito de Ifigenia, donde la diosa cazadora tiene un papel antagonista.

> Atended, si ya el bosque peregrina
> no os ve, de el patrio río en la ribera,
> templar vuestras fatigas, cual divina
> montañesa amazona de su esfera;
> el río, cuya estancia cristalina
> deidad en vuestro ardor tanta venera,
> que os creyeron sus márgenes devotas
> faretrado esplendor del casto Eurotas (*Ifigenia*, 9).

El proceso de divinización que lleva a cabo Verdejo en su dedicatoria eleva la posición de su dedicataria y la dignifica. Verdejo, al igual que Góngora antes que él, no le indica pautas de comportamiento al dedicatario, ni le propone un destino virtuoso, como se lee, por ejemplo, en *Orlando furioso* de Ariosto y la *Jerusalén liberada* de Torquato Tasso. La presentación del dedicatario del poema en medio de una cacería muestra al mecenas en su faceta de noble y señor, y funciona como medio de transfiguración heroica de su destinatario, ya que «[l]o mismo que el valor del poema no consiste en la importancia de la historia que cuenta, tampoco consiste el valor del duque en la importancia de los asuntos a que se dedica [...]» (Blanco, 2012: 108).

Sin embargo, la influencia gongorina no solo se aprecia en el marco narrativo, sino que permea en toda la trama mitológica, por medio de la pervivencia de algunos temas y motivos literarios. De este modo, también se perciben las semejanzas en la caracterización de los personajes: «Era Calcas. Su aspecto venerado/ la candidez del ánimo retrata,/ su barba crespo arroyo destrenzado/ a el pecho en hebras derramó su plata» (Verdejo, 83). En estos versos se observa la misma imagen que aparece en el *Polifemo*, donde la barba del cíclope es descrita como «un torrente [...] impetuoso» (Góngora, 1974: 76). También encontramos expresiones idénticas como, por ejemplo, «el Séptimo Trïón» del *Panegírico al duque de Lerma* (Góngora, 1974: 248), que retoma Verdejo en: «De el séptimo Trïón la leve bruma» (Verdejo, *Ifigenia*,

---

Sin embargo, hay que recordar que se trata de un motivo tópico a la hora de presentar a las damas en la poesía del Siglo de Oro. Sannazaro utiliza la misma comparación para su mecenas en la *Égloga V*, y Góngora en muchos poemas identifica a distintas mujeres con esta diosa (Bonilla Cerezo, 2007). Asimismo, hay que tener en cuenta que no es el único autor en la tradición hispánica del mito de Ifigenia que hará lo mismo. En la zarzuela *Para obsequio a la deydad, nunca es culto la crueldad. Iphigenia en Tracia* (1747), con libreto de Nicolás González Martínez y música de José de Nebra, también se compara a la dedicataria, doña María del Rosario Fernández de Córdoba, con la diosa. Probablemente, la castidad asociada con Diana favoreció estas comparaciones.

estrofa 59ª). El sintagma gongorino, que procede de la separación de la palabra *septentrión*, presenta también una diéresis, que Verdejo adopta, imitando, a su vez, el esquema acentual (2ª, 6ª, 8ª y 10ª).

Tras el proemio, la fábula comienza con la llegada de las tropas griegas a Áulide. Después de una descripción del entorno geográfico, Verdejo indica las causas de la guerra, situando el origen del conflicto en el juicio de Paris, y no en la expedición de los Argonautas, como sucedía en las corrientes pseudo-historiográficas que seguían la estela de Dictis y Dares. En el texto tampoco se aclara si Helena consintió o no al rapto de Paris, por lo que su personaje no está caracterizado negativamente. De este modo, Verdejo se aleja de otras versiones áureas, como la *Selva militar y política* (1652) del conde Bernardino de Rebolledo y Villamizar, que contraponían el carácter inmoral de Helena a la inocencia de Ifigenia. Es, además, la única referencia a otra mujer de los Atridas en el poema: ni Clitemnestra, ni Electra aparecen.

El poema prosigue con la descripción de las naves griegas varadas en las playas de Áulide, esperando la llegada del buen tiempo. La falta de vientos es uno de los motivos tradicionales del mito. Así aparece en la mayoría de los textos clásicos como, por ejemplo, en las dos tragedias de Eurípides. Sin embargo, como veremos, Verdejo añadirá, posteriormente, la idea de la tormenta, un motivo muy minoritario en la tradición clásica, que solo aparecía en los *Cantos Ciprios* de Estasino, hoy perdida; en la fábula XCVIII de Higinio; y en la *Historia de la destrucción de Troya* de Dares Frigio. En las letras europeas, esta idea tuvo algo más de arraigo, aunque solo se incluye en algunas traducciones medievales de *La consolación de la Filosofía* de Boecio, como en la *Declaração del libro «De consolación»*; en la *Historia destructionis Troiae* de Guido delle Colonne y en alguna de sus adaptaciones al castellano; en el «Capítulo» de Boscán, una de las fuentes más probables de Verdejo; y en el *Teatro de los dioses de la gentilidad* de Baltasar de la Vitoria.

Durante este periodo de calma, Agamenón decide organizar una expedición de caza, que permite a Verdejo explayarse en este episodio venatorio. Es en este pasaje donde se produce una de las innovaciones más importantes con respecto al material mitológico. Mientras que en la mayoría de los textos de la Antigüedad la causa de la ira de Ártemis es la caza de uno de los ciervos consagrados a ella, en la fábula, su cólera se explica por dos motivos: 1) la caza excesiva en un coto que estaba bajo su protección; 2) el ofrecimiento de las piezas de caza como trofeos a la belleza de Ifigenia, humillando, así, a la diosa, al no ser reconocida ni venerada como divinidad de los bosques.

De este modo, a partir de las distintas versiones que se habían dado a lo largo de la tradición, Verdejo hace suyo el material mitológico y ofrece un planteamiento innovador. En primer lugar, es necesario detenerse en la primera explicación que se aduce en el poema. Aunque la caza de Agamenón, normalmente de una cierva, es uno de los mitemas estructurales de «Ifigenia en Áulide», Verdejo concede mayor importancia al hecho de que Agamenón se adentra en un coto sagrado de la diosa, como en la *Electra* de Sófocles y en el *Diario de la guerra troyana* de Dictis Cretense. La transgresión de esta prohibición divina, al ampliar el número de animales, el autor describe con mayor detalle y variedad la escena de caza.

En segundo lugar, conviene analizar el segundo motivo que se ofrece en el epilio. Aunque la envidia de la diosa Ártemis es un motivo tradicional en la literatura del Siglo de Oro[42], es la primera vez en la tradición hispánica que se asocia al mito de Ifigenia. La confrontación suele centrarse en los personajes de Agamenón y Ártemis a causa de la transgresión de la ley divina por parte del general griego. En este caso, no hay tal crimen por parte del general griego, solo una «torpe ofensa». Esta interpretación de Verdejo parece indicar que tuvo en cuenta la *Electra* de Sófocles, pues en la tragedia del dramaturgo griego se plantea tanto la idea de que el sacrificio de Ifigenia fuese el resultado de un descuido de su padre, como el hecho de que la ira de Ártemis tuviese su origen no solo por la caza, sino también por las palabras de Agamenón, que se jactó de ser mejor que la propia diosa (Hughes, 2007: 25). Con respecto al motivo de los celos de la diosa hacia Ifigenia, y tras un análisis exhaustivo, tanto de los textos de la Antigüedad clásica como de las recreaciones de la tradición hispánica, hemos comprobado que solo aparece en la obra de Verdejo. La principal explicación que manejamos para este hecho es que el autor de la *Fábula del Sacrificio de Ifigenia* haya incluido mitemas de otras fuentes. Creemos que esta es la hipótesis más lógica teniendo en cuenta el *habitus* escritural de los autores de finales del siglo XVII y, más aún, aquellos que se insertan dentro de las corrientes gongorinas, que no suelen introducir cambios tan significativos de su propia imaginación.

Después de haber cotejado esta variante con otros mitos en los que esté involucrada Ártemis, hemos reducido las posibilidades a dos narraciones. En primer lugar, es posible que Verdejo mezclase la historia de Ifigenia con

---

42. Por ejemplo, en *El mayor encanto, amor* de Calderón, uno de los personajes describe a Circe aludiendo al motivo de la envidia de Diana (Manrique Frías, 2010: 145).

la de Quíone y su padre, Dedalión, donde también aparecen los motivos de la pérdida de la hija y la ofensa a Ártemis por minusvalorar su belleza[43]. Además, este relato se encuentra justo al final del libro XI de las *Metamorfosis*, mientras que el de Ifigenia está en el libro XII, solo separados por la historia de Ésaco. Quizás, esto podría apuntar a que una de las fuentes para la *Fábula* de Verdejo fuese la obra de Ovidio.

Sin embargo, y aunque tienen *topoi* comunes, el comportamiento de las protagonistas difiere en gran medida. Mientras que la Ifigenia de Verdejo mantiene una actitud inocente, al no envanecerse por su belleza ni animar a su padre a que le consagre los trofeos de la caza, Quíone encarna el tópico de *vanitas vanitatum*. Así lo recoge Pérez de Moya en su *Filosofía secreta*, donde se hace eco del mito para aleccionar a sus lectores sobre la «soberbia de las mujeres» (1599: 366r).

Por ello, es posible que Verdejo, en lugar de en este mito, se inspirase en el relato de Níobe y sus hijos. Tanto el mito de Níobe como el poema de Verdejo comparten el mismo núcleo temático, la jactancia del padre por las virtudes del hijo. Además, el fragmento dedicado a la furia de la diosa en la fábula de Verdejo viene acompañado de una referencia implícita al mito de Níobe.

> Del sacro Citerón la insana cumbre
> bebió menos temores en su bulto,
> cuando apagando vidas con su lumbre,
> el fecundo vengó materno insulto;
> el insulto que yerta pesadumbre,
> las olas retardando a el Lete inculto,
> a ser vive padrón de sus enojos,
> lástima endurecida de los ojos (Verdejo, 50).

En todo caso, la atribución de vicios considerados femeninos a las diosas clásicas había sido un recurso habitual desde el siglo XVI, especialmente fértil en el género de las parodias mitológicas. De esta manera, Barahona de

---

43. Dedalión, hijo de Eósforo, el astro de la mañana, y hermano de Ceix era muy aficionado a la caza y tenía una hija muy hermosa llamada Quíone. Tanto Hermes como Apolo se enamoran de ella y de ellos tiene sendos hijos, Autólico y Filamón respectivamente. El hecho de que ambos dioses se enamorasen de ella y su gran belleza hicieron que la joven se envaneciese hasta decir que su belleza sobrepasaba la de Ártemis. La diosa, en castigo, la mató de un flechazo y Apolo transformó a Dedalión en milano, ave con la que comparte los instintos violentos (Grimal, 1965: 129).

Soto ridiculizaba a Cibeles, quien seguía las modas femeninas de sus contemporáneas en «A una vieja enamorada, amiga de mochachos», o la forma en la que Francisco Pacheco representa a Apolo y las musas en su *Sátira apologética en defensa del divino Dueñas* (1569).

El epilio de Verdejo, en cierto modo, retoma esta tradición al humanizar a la diosa y presentar su furia como un ataque de celos. Esta caracterización, basada en el prototipo de la diosa cruel y vengativa, debe ser entendida a la luz de las críticas de Verdejo contra la religión pagana, que continúa, en cierto modo, las de Lucrecio en su *De rerum natura*, I, 85. En esta obra, el escritor latino empleaba el mito como ejemplo de los crímenes que se cometen en nombre de la religión para llevar a cabo una condena taxativa de todos estos sistemas de creencia. Su obra tiene varias semejanzas con la *Fábula*, no solo porque en ambas Ifigenia muere, sino por las críticas contra la religión pagana de Verdejo.

En todo caso, la ira de la diosa provoca la tormenta que hace naufragar a los barcos griegos cuando acababan de zarpar contra Troya. Los supervivientes que llegan a la playa se dirigen al templo de la diosa para buscar refugio y allí, Calcas celebra unos holocaustos para conocer la causa del repentino cambio de tiempo. En un momento dado, la estatua de Ártemis que había en el templo cobra vida y explica a los griegos la causa de su ira. El tratamiento difiere, sin embargo, en los dos estadios de redacción del poema. Mientras que, en el segundo estado, la estatua se limita a trasmitir el deseo de la diosa de que inmolen a Ifigenia, en el testimonio *G* se dedican siete octavas más para explicar el terror que ha causado la terrible voz divina en la naturaleza, y tres más para la reacción de Ifigenia al enterarse del dictamen de Ártemis.

El mitema de la estatua de la diosa pertenece a la tradición de «Ifigenia entre los tauros», por lo que es relativamente innovador hacer que Ártemis hable a través de su propia estatua en el episodio de Áulide. No hemos encontrado ningún antecedente del motivo tal y como aparece en la obra de Verdejo, aunque la idea de que la diosa hable a través de su propia imagen aparece ya en el *Orestes* (*ca.* 1520) de Giovanni Rucellai. Así, en la obra del italiano, la estatua aparece vinculada a motivos que perturban el ánimo de los personajes que asisten a este espectáculo. La intervención divina viene precedida de distintas señales: de los ojos de la estatua de Ártemis empieza a caer sangre, un gran ruido inunda el templo y las sacerdotisas temen que terremotos y plagas caigan sobre la tierra si se contradice la voluntad de la diosa (Rucellai, 1723: 163-164).

En el epilio de Verdejo, la sangre derramada por el adivino Calcas trae a la vida la estatua: los tonos metálicos de su voz causan pavor a los griegos, aunque sus efectos se atenúan en el segundo estado de redacción. Frente a esta mitigación, la versión del manuscrito G se explaya describiendo las secuelas de la teofanía: los montes tiemblan, los ríos se detienen y el mismo templo se estremece. Aunque no hay indicios textuales, la similitud del motivo, que no se encuentra en ningún otro texto de la tradición europea del mito de Ifigenia, puede indicar una cierta influencia de Rucellai[44].

En ambos estadios de redacción de la *Fábula del Sacrificio de Ifigenia* aparece el motivo del pueblo griego enfrentándose a la decisión de Agamenón y el miedo del general: «De el padre la piedad hiere inclemente/ sedicioso el rumor que se derrama» (Verdejo, 92). Se trata de un concepto que se pone en relieve durante el Siglo de Oro, como en el *Teatro de los dioses de la gentilidad* de Baltasar de la Vitoria, y que, prácticamente, no se encontraba en la Edad Media. El comportamiento del ejército y las razones de la diosa limitan el carácter sagrado de este sacrificio, que se asemeja a una simple venganza.

Así lo interpreta, al menos, la Ifigenia del testimonio G, en su soliloquio de 22 estrofas, que se elimina en la siguiente versión del poema. En esta intervención, Ifigenia se pregunta en varias ocasiones por el triste final que le depara el destino y se enfrenta a todos dioses grecolatinos, no solo a Ártemis, por una sentencia que considera injusta. El monólogo de Ifigenia se estructura en cinco partes: 1) la invocación a los dioses (125-127); 2) la exposición de su caso (128-134); 3) la advertencia a distintos personajes de la *Fábula* de lo que van a presenciar (135-138); 4) claudicación de sus intentos de salvarse (139-141); 5) maldiciones finales contra sus ejecutores (142-145).

Este discurso es muy singular dentro de las recreaciones del material mitológico, y hace sobresalir a la *Fábula* de Verdejo no solo dentro de la tradición hispánica, sino también dentro de la europea, debido a la caracterización que lleva a cabo del personaje de Ifigenia y a su visión del sacrificio de Áulide. La Ifigenia de Verdejo se opone en todo momento al ritual de inmolación y lucha por su vida hasta el final. Frente a este acercamiento, los textos de la tradición hispánica optaban por dos posibilidades a la hora de narrar los eventos de Áulide: o bien Ifigenia estaba dispuesta a sacrificarse

---

44. Además, su obra pudo haber dejado huellas en otros autores de la península, como Jerónimo Bermúdez (1530-1599) en su *Nise lastimosa*, pues ambas obras presentan una métrica similar (Morley, 1925: 398).

por el bien común, o bien, el pensamiento de la joven princesa no se recogía, porque primaba la decisión de Agamenón sobre su destino (Márquez Martínez, 2022).

El único texto de la tradición que presentaba una posibilidad similar a la que ofrece Verdejo era el *Agamenón* de Esquilo, donde los caudillos griegos y, en concreto, Agamenón, impedían la huida de la joven, tapaban su boca para evitar que profiriese maldiciones contra ellos, y la ataban de pies y manos como a un animal (Aesch. *Ag.* 230-236). Así pues, Verdejo retoma esta tradición de la Ifigenia salvaje, que no acepta los designios divinos y políticos, y lucha por su vida. No obstante, hay que subrayar el hecho de que Verdejo le confiere una mayor capacidad de acción que Esquilo, lo que permite que la hija de Agamenón plantee su oposición explícita al ritual y llegue a amenazar a todos los griegos presentes en su sacrificio, afirmando que los atormentará después de la muerte.

> Y tú, pueblo obstinado, infame plebe,
> vulgo siempre traidor, cuya villana
> bárbara sedición, pretexta aleve
> en la omisión de un rey su voz tirana;
> vive alegre a el insulto en cuanto, leve,
> mi púrpura se vierte en inhumana
> funesta placación a los rigores
> de este Dios que te fingen tus temores.
>
> Vive, vive a tu horror más fugitivo,
> luego que de este polvo el nudo fuerte
> mi espíritu renuncie, a el fuero esquivo
> del vivaz hemisferio de la muerte;
> luego, en sombras horribles, vengativo
> torcedor, con mi forma, de tu suerte
> infestará, adulando mis enojos,
> no menos tu memoria que tus ojos.
>
> Fiscal siempre cruel en tu fatiga
> compulsará tu error la imagen fea
> de mi trágico fin, siendo enemiga
> arador doloroso de tu idea;
> Del día a su presencia nunca amiga
> desfrutará a tu ser la luz febea
> ni en sus ocios la noche apetecidos
> la inquietud callará de tus sentidos

Objeto de tu vista, en fin, terrible,
mis manes han de ser, hasta que mudo
tu espíritu penetre aborrecible
el orbe triste de piedad desnudo;
el orbe que, aunque el sol ignora horrible,
con nuevo pasmo, estrañará, ceñudo
la culpa que desciende en tus lamentos
a congojar la sed de sus tormentos» (*Ifigenia*, [142-145]).

Estas últimas estrofas del parlamento de Ifigenia, en las que amenaza al pueblo griego, en primer lugar, y a Calcas, en segundo lugar, muestran la rabia de la joven ante lo que considera un destino injusto y un castigo inmerecido. La fuerza de esta caracterización de Ifigenia revela un aspecto hasta ahora no tratado en la tradición hispánica: una joven fuerte que se lamenta de su final, culpando a los motivos políticos, encarnados en su padre, Agamenón, y en la sinrazón divina, que representan los celos de Ártemis. De esta manera, Verdejo, al presentar los motivos de la envidia de la diosa y la oposición vehemente de Ifigenia ahonda en las cuestiones femeninas del mito, desde una perspectiva innovadora que no se había desarrollado en las recreaciones literarias del mito de Ifigenia.

Capítulo 5
HISTORIA TEXTUAL

El texto de la *Fabula del sacrificio de Ifigenia* nos ha llegado por dos vías de transmisión, la manuscrita y la impresa, en ocasiones relacionadas entre sí, pues es posible que algunos de los testimonios manuscritos sean copias del texto impreso. Por este motivo, empezaremos la descripción de las fuentes por la edición impresa.

5.1. Impresos

Testimonio V

> Verdejo Ladrón de Guevara, Luis
> *Fabula del sacrificio de Ifigenia*, s.l., s.n.

Transcripción de la portada:

> [Dentro de una orla tipográfica] FABVLA | DE EL SACRIFICIO | DE IFIGE-NIA, | EXECVTADO | EN AVLIDE | POR AGAMENON | SV PADRE, | REY DE MICENAS. | ESCRITA | EN OCTAVAS | POR DON LVIS | VERDEJO LADRON DE | Guevara, Cavallero del Militar | Orden de Calatrava.

Fórmula de colación:
4º; A – F⁴; [6] + 40 p. + [1h en bl.]

Relación de contenido:

f. A 1r: Portada.

f. A 1v: En blanco.

f. A 2r- 3v: Prólogo al lector.

f. A 4r- f. F 3v: *Fábula del sacrificio de Ifigenia*; al final del texto aparece el número «CXVIII».

f. F4: En blanco.

Descripción física e historia de los ejemplares:

Esta edición no tiene ni fecha, ni lugar de impresión, pero es seguro que la *Fábula* tuvo que publicarse después de 1699, fecha de impresión en Madrid de *La caída de San Pablo*, el primer poema conocido de Verdejo, ya que en el prólogo al lector de la *Fábula* Verdejo se hace eco de la acogida que aquel poema había tenido entre los lectores[45]. Por otra parte, la mención de «Cavallero de Calatrava» en la portada del impreso puede servir de término *a quo*, dado que Luis Verdejo vistió el hábito de caballero en 1703. A partir de ahí, faltan las certezas. Es posible que hubiese dos impresiones de la *Fábula*, una de h. 1700 –hoy desconocida y que estaría más cercana a la publicación de *La caída de San Pablo*– y otra entre 1750-1800[46]. El análisis material de los ejemplares conservados, que todos pertenecen a la misma impresión, no nos ha servido para aclarar esta duda[47].

---

45. Se conservan hoy en día dos ejemplares impresos de esta obra: uno en la British Library de Londres y otro en la Biblioteca Estatal de Berlín. Para llevar a cabo esta investigación, nos pusimos en contacto con los bibliotecarios de la British Library para que nos dijesen si había algún tipo de marca que indicase la casa de impresión de *La caída de San Pablo* y nos comunicaron que no había nada más aparte del año y el lugar de impresión, salvo un sello marrón que indica que el impreso había llegado a la British Library a través de una donación anterior a 1768.

46. Aguilar Piñal consideraba que se trataba de un escritor dieciochesco, ya que Palau dató uno de sus poemas en 1701 (1989: 18).

47. La portada presenta una orla tipográfica –180 mm de alto, 115 mm de ancho y 15 mm de grosor– que rodea a la caja de escritura –150 mm de alto y 85 mm de ancho–. Está compuesta por cuatro tipos de diseño: el primero, el más cercano al título, está formado por líneas discontinuas; el siguiente parece un diseño floral, y podría ser una flor de lis; el tercero es una vid; y el último, parece otro diseño floral, aunque más grande y elaborado que el segundo. Aunque este tipo de diseños aparecen en otros impresos de la época, no se ha encontrado una orla idéntica, por lo que todavía no es posible afirmar de qué imprenta salió esta edición ni en qué fecha. Con respecto a las características del soporte, analizado en el ejemplar VE/518/23 de la Biblioteca Nacional de España, se

Desde el punto de vista material y tipográfico, se puede destacar que la caja de escritura del poema –180 mm de alto y 100 mm de ancho– tiene márgenes anchos, e incluye tres octavas reales. Además, la primera página tiene un filete ornamental. Las cuarenta páginas del poema están paginadas en el margen superior exterior, pero carecen de titulillos. Utilizan una letra cursiva para todos los versos y las estrofas tienen sangría francesa. Todos los versos empiezan en mayúscula.

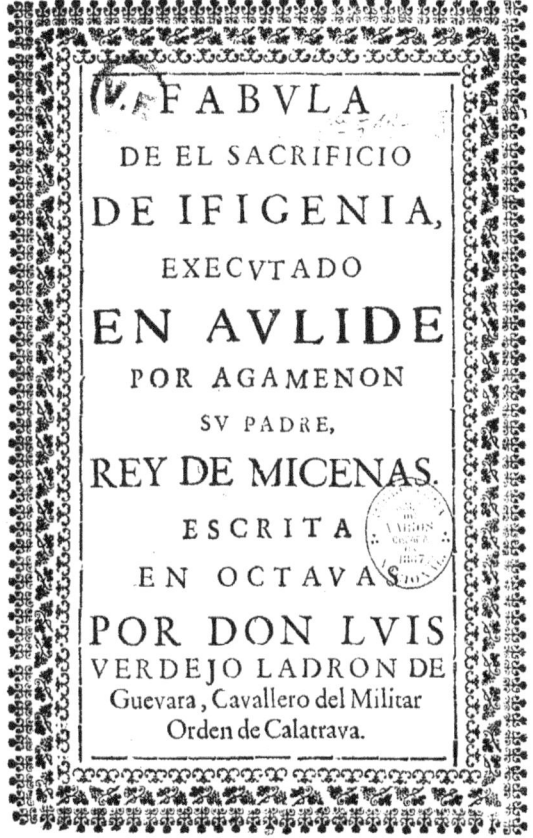

Fig. 1. Portada del testimonio V1. Ejemplar VE/518/23 de la Biblioteca Nacional de España

perciben los corondeles y los puntizones en el papel, y aunque no todos los pliegos tienen marcas de agua, los que sí la tienen, presentan la misma: un escudo coronado con una cruz en medio y dos animales –podrían ser leones– rampantes a ambos lados.

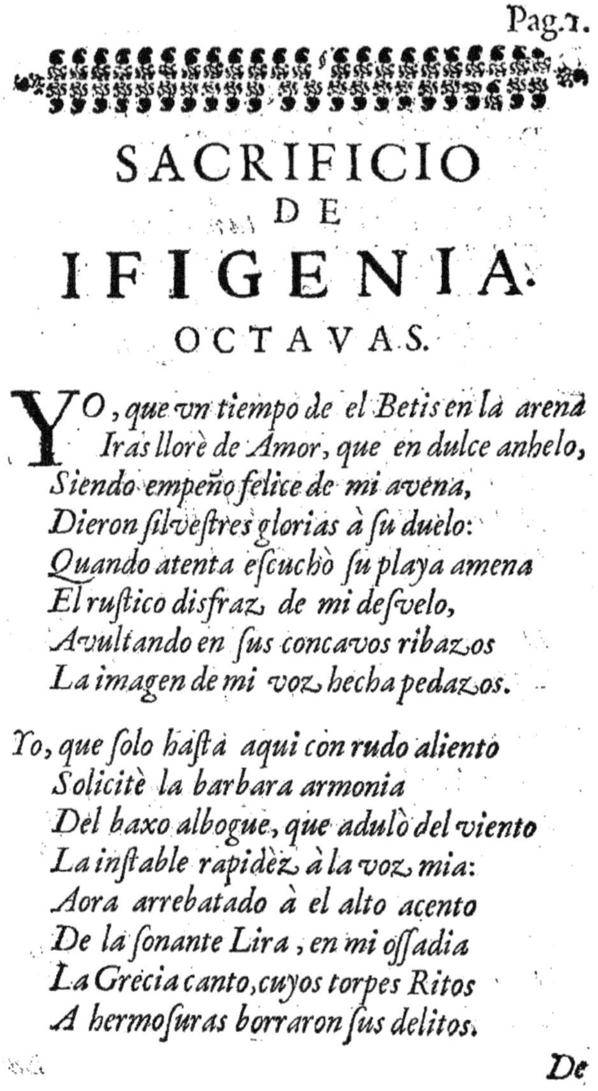

SACRIFICIO
DE
IFIGENIA.
OCTAVAS.

Yo, que un tiempo de el Betis en la arena
   Iras llorè de Amor, que en dulce anhelo,
Siendo empeño felice de mi avena,
Dieron silvestres glorias à su duelo:
Quando atenta escuchò su playa amena
El rustico disfraz de mi desvelo,
Avultando en sus concavos ribazos
La imagen de mi voz hecha pedazos.

Yo, que solo hastà aqui con rudo aliento
   Solicitè la barbara armonia
Del baxo albogue, que adulò del viento
La instable rapidèz à la voz mia:
Aora arrebatado à el alto acento
De la sonante Lira, en mi ossadia
La Grecia canto, cuyos torpes Ritos
A hermosuras borraron sus delitos.

                               De

Fig. 2. Primeros versos del testimonio V1. Ejemplar VE/518/23 de la Biblioteca Nacional de España

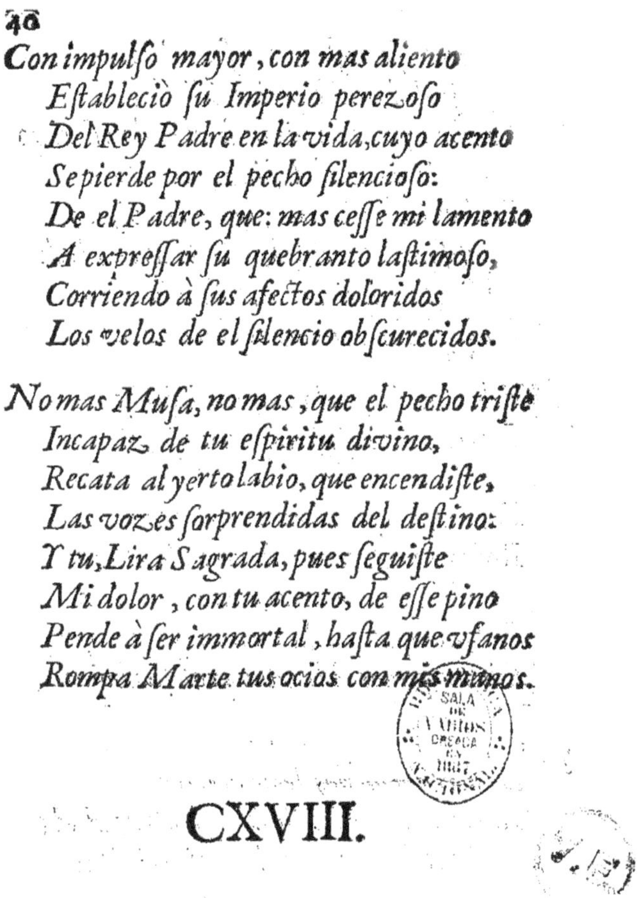

48

Con impulſo mayor, con mas aliento
  Eſtableciò ſu Imperio perezoſo
  Del Rey Padre en la vida, cuyo acento
  Se pierde por el pecho ſilencioſo:
  De el Padre, que: mas ceſſe mi lamento
  A expreſſar ſu quebranto laſtimoſo,
  Corriendo à ſus afectos doloridos
  Los velos de el ſilencio obſcurecidos.

No mas Muſa, no mas, que el pecho triſte
  Incapaz de tu eſpiritu divino,
  Recata al yerto labio, que encendiſte,
  Las vozes ſorprendidas del deſtino:
  Y tu, Lira Sagrada, pues ſeguiſte
  Mi dolor, con tu acento, de eſſe pino
  Pende à ſer immortal, haſta que vfanos
  Rompa Marte tus ocias con mis mimos.

CXVIII.

Fig. 3. Página final del testimonio V1. Ejemplar VE/518/23 de la Biblioteca Nacional de España

Se han localizado tres testimonios de esta edición:

V1. Ejemplar VE/518/23 de la Biblioteca Nacional de España. No tiene ningún tipo de encuadernación. En la portada –en el lado inferior derecho– tiene un sello de la Sala de Varios, creada en 1887, ya que está catalogado como folleto de entre los siglos XVI-XIX –V.E. o Varios Especiales–. En la esquina superior izquierda tiene un sello en el que pone V.E.[48].

V2. Ejemplar de la Hispanic Society of America. Proviene de la biblioteca de Manuel Pérez de Guzmán y Boza, Marqués de Jerez de los Caballeros, como muestra el catálogo (1901) de la biblioteca de dicho Marqués:

> VERDEJO LADRÓN DE GUEVARA (D. Luis).
> Fábula del Sacrificio de Ifigenia, ejecutado en Aulide por Agamenón su padre... Escrita en octavas por... S. l. n. a. (Siglo XVII) – 4º (Pérez de Guzmán y Boza, 1901: 123)

El catálogo data el impreso en el siglo XVII, lo cual contradice la hipótesis de Aguilar Piñal[49].

V3. Ejemplar 6 in: Du 1 de la Biblioteca Estatal de Berlín[50]. Forma parte de un volumen misceláneo facticio significativamente titulado *Vitae Sanctorum et Martyrum 1.*

---

48. Además, tiene escrito a lápiz su signatura de la Biblioteca Nacional y una pequeña interrogación en el margen superior derecho. Este impreso está muy bien conservado; el papel no tiene manchas de humedad y conserva un tono marfileño y la tinta no se ha difuminado ni se ha traspasado al vuelto de las hojas. Mientras que la caja de escritura del prólogo tiene un margen exterior de 20 mm, uno inferior de 10 mm, el interior de 10 mm, y no tiene margen superior, la caja de escritura del poema tiene un margen exterior mide 32 mm, uno inferior de 15 mm, uno interior de 10 mm y no tiene margen superior. No se conoce la procedencia de este impreso. Aguilar Piñal, tras estudiar la tipografía del impreso, determinó que la impresión es de hacia 1751-1800.

49. El ejemplar tiene una cruz escrita en tinta en la portada, y las 'V' de 'LVIS' Y 'VERDEJO' están subrayadas. Está peor conservado que el impreso de la Nacional; el papel parece más amarillento, sus páginas están más rotas y tiene manchas de humedad.

50. Este testimonio no está digitalizado. Una vez se localizó –a través de los catálogos *Worldcat.org* y *Karlsruhe Virtual Catalog*–, se procedió a contactar con la Biblioteca Estatal de Berlín. Sus bibliotecarios nos remitieron al testimonio digitalizado de la Biblioteca Nacional afirmando que se trata de la misma edición.

5.2. Manuscritos

Testimonio G. Ms/5915 de la Biblioteca Nacional de España. Carece de título

> Fabula del sacrificio de Yphigenia | Executado En Aolide por Agame | non su Padre Rey de mize | nas | Escrita | en octabas | por Dn. Luis | de Guebara Verdejo .||

Relación de contenido:

f. 1r-f. 20v: *Fábula del sacrificio de Ifigenia*

Fabula del sacrificio de Yphigenia | Executado En Aolide por Agame | non su Padre Rey de mize | nas | Escrita | en octabas | por Dn. Luis | de Guebara Verdejo .||

f. 21r-f. 25v: *Romance a la caída de San Pablo.*

Es un ejemplar encuadernado en tapa dura –325 mm de alto y 220 mm de ancho– en la que no hay ningún tipo de marca salvo tejuelo pegado al lomo con la signatura. Al abrir el tomo, en el interior de la cubierta se observa una etiqueta donde pone, tachado en lápiz: Q | – | 290. Procede de la biblioteca de Pedro Caro y Sureda, Tercer Marqués de la Romana, que fue comprada por la Biblioteca Nacional en 1866[51].

El volumen está foliado a lápiz –seguramente es obra de la Biblioteca Nacional– en el margen superior exterior. Asimismo, en la esquina superior interior del recto de los folios de la *Fábula* –salvo f. 3r– aparecen números subrayados[52]. El papel del testimonio es distinto, tanto en color como en grosor y estado de conservación, a las hojas de respeto que le anteceden, por lo que la encuadernación probablemente es más reciente. El papel tiene un tamaño irregular, ya que los bordes están muy rotos, aunque se podría decir que ronda los 315 mm de alto y los 215 mm de ancho. Los folios no tienen una marca de agua homogénea, y algunos carecen de ella[53].

---

51. Sin embargo, no ha sido posible localizar el volumen en el Catálogo de la biblioteca del excelentísimo señor don Pedro Caro y Sureda, Marqués de la Romana, trasladada a esta corte desde Palma de Mallorca (Madrid, F. Roig, 1865).

52. En f. 4r hay un 20, en f. 5r hay un 30, y así sucesivamente hasta f. 20r donde aparece el número 100. No parecen indicar las estrofas del poema.

53. Hay dos que se repiten más que el resto y ambas son dos tipos de escudo diferente.

La presentación es bastante limpia, aunque hay algunas correcciones en otra tinta, aparentemente de la misma mano de copia, por encima de las palabras primitivas[54]. La caja de escritura apenas si deja márgenes superior ni inferior y los márgenes exteriores oscilan entre los 30 mm y los 60 mm, mientras que los márgenes interiores suelen medir unos 35 mm. Generalmente, el texto se distribuye en cuatro octavas reales por página. Las estrofas tienen sangría francesa en el primer verso de cada estrofa, excepto en la primera página donde la sangría francesa aparece en el primer y en el quinto versos. La tinta y la letra del encabezado es distinta a la del resto del texto. Asimismo, la tinta vuelve a cambiar en el f. 18v y se mantiene hasta el final del manuscrito, incluso en la otra obra que aparecen en el ejemplar, *La caída de San Pablo*.

El catálogo de la Biblioteca Nacional de España data el ejemplar en el siglo XVIII. No obstante, hay varios hechos que hacen pensar que este volumen es de finales del siglo XVII, y que el texto puede considerarse apógrafo, en el sentido de ser una copia en limpio autorizada o próxima al autor. En primer lugar, hay que tener en cuenta que ninguna de las dos obras incluidas en este ejemplar presenta prólogo al lector, ausencia que podría indicar, en este caso, que es un testimonio previo a la publicación de ambas –*La caída de San Pablo* se imprimió en 1699–. En segundo lugar, las obras están firmadas por Luis de Guevara Verdejo, un nombre diferente al que aparece en el resto de los testimonios, en los que siempre firma como Ladrón de Guevara, lo que parece indicar que el autor aún no había decidido su nombre literario definitivo en esta fecha[55]. Por último, es el único ejemplar en el que se encuentran exentas y reunidas estas dos obras de Verdejo. Finalmente, este testimonio de la *Fábula* es único porque presenta un estado de redacción distinto al del resto de testimonios: hay treinta y siete estrofas añadidas con respecto a la versión de los demás testimonios, aunque también falta una; asimismo, muchos versos presentan una redacción diferente.

---

54. «Llorad» donde ponía «lloro» en f. 2r; «reside» pasa a «recibe» en f. 7v; «sus desvelos» se corrige a «su desvelo» en f. 9r; «a sus» pasa a «a los» en f. 9r.

55. En el poema preliminar que aparece en las *Fama y obras póstumas* de Sor Juana Inés –publicadas en 1700–, firma como Luis Verdejo Ladron de Guevara, y en una obra que recoge Gallardo de 1701, «Enhorabuena que se da a España en el feliz arribo a su corona de nuestro Católico Monarca Don Felipe Quinto en este romance endecasílabo», firma como Luis Ladrón de Guevara y Verdejo.

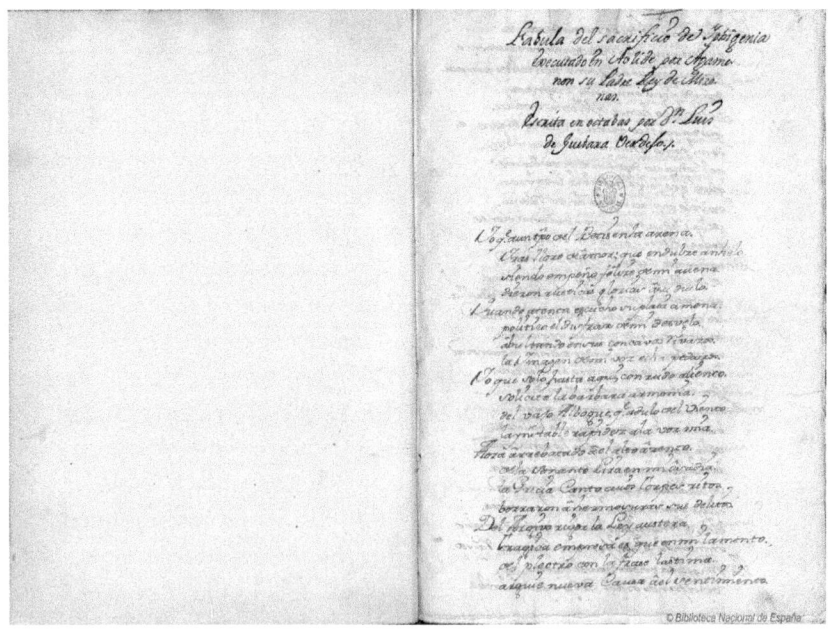

Fig. 4. Página final del testimonio V1. Ejemplar VE/518/23 de la Biblioteca Nacional de España

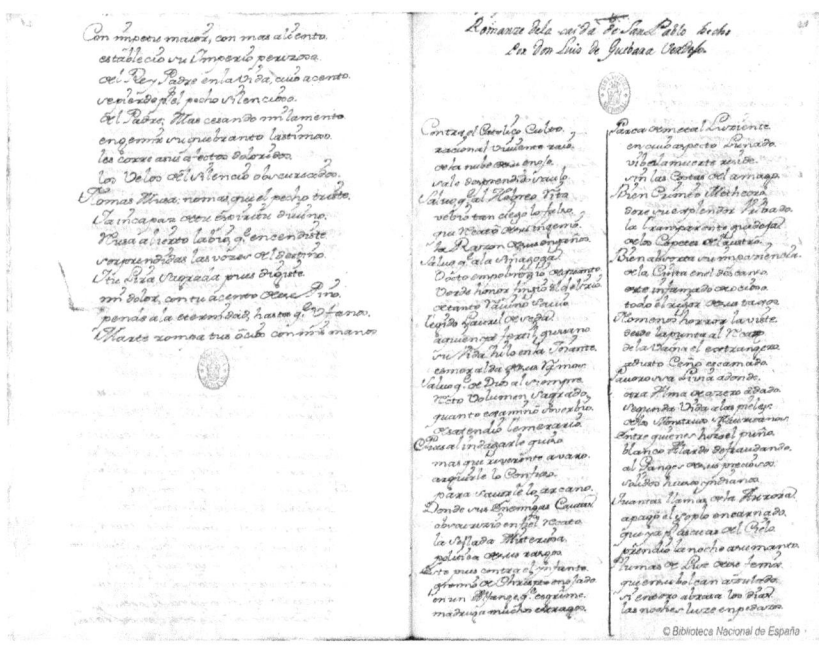

Fig. 5. Página final del testimonio V1. Ejemplar VE/518/23 de la Biblioteca Nacional de España

Testimonio As. Ms. Varios papeles en prosa y verso, sign. A 333/ 092 del
Fondo Antiguo de la Universidad de Sevilla, ff. 44r-78r

Volumen facticio que contiene una amplia variedad de textos, todos manuscritos, tanto en prosa como en verso. Alternan obras de temática religiosa, como la *Historia [...] de la Pasión Sacratísima de Jesucristo Nuestro* Señor,
o socio-política, como *En el aire tres coronas*, de temática antiolivarista[56] o *La
cueva de Meliso, incompleta*. No faltan los textos de carácter burlesco, como
los *Consejos potables que en décimas bebedoras un veterano sarmiento de Baco da
a los modernos agrazes de la célebre Hermandad de los Vaivenes [...]* o las *Décimas
burlescas al Nuevo Proyecto de la Limpieza y Empedrados de Madrid, dirigido por
el Marqués de Esquilache y aprobado por el Rey*, que cierra el volumen. La mayoría de los textos son anónimos y no están datados. Sin embargo, a partir de
las fechas que aparecen, podría afirmarse que la horquilla cronológica de este
libro va desde las primeras décadas del XVII hasta los años sesenta del XVIII,
como demuestra el poema contra Esquilache. Partiendo del contenido del
libro, parece que se trata de un ejemplar sevillano-salmantino. Dado que no
tiene ningún tipo de firma ni *ex libris*, se desconoce su procedencia, aunque
podría proceder de una colección particular, puesto que los conventos solían
sellar sus libros y el manuscrito que estudiamos carece de él.

La *Fábula* presenta esta portadilla:

> Fabula del Sacrificio de Ifigenia, executa [el papel está cortado] | en Aulide
> por Agamenon Su Padre, | Rei de Micenas. Escrita en | octavas = | Por Dn. Luis
> Verdejo Ladron de Guevara. | Cavallero del Militar orden | de Calatrava = | [líneas
> de guiones que forman un triángulo invertido] | [dibujo de una rosa de 75 mm de
> alto y 80 mm de ancho]

En ella figura, a mitad de la página, el apellido de Gallardo abreviado,
puesto de puño y letra de D. Bartolomé José. El poema está copiado a razón
de dos octavas por página y presenta glosas marginales explicativas de las
referencias mitológicas de la obra[57]. La presentación es relativamente limpia

---

56. El subtítulo es: Conferencias en los espacios imaginarios entre los Eminentísimos
señores Cardenales Richelieu y Manzarini y el protector Oliverio Cromwell, sobre los negocios del otro mundo con la caída del Conde Duque de Olivares, don Felipe de Guzmán.

57. Cabe destacar que el papel usado para *La fábula del sacrificio de Ifigenia* tiene la
misma marca de agua que el utilizado para la «Carta de P. Fr. Pablo de San Sebastián religioso de la Sagrada Orden de la Hospitalidad de San Juan de Dios al Rmo. General de
dicha Orden» fechada en 1692.

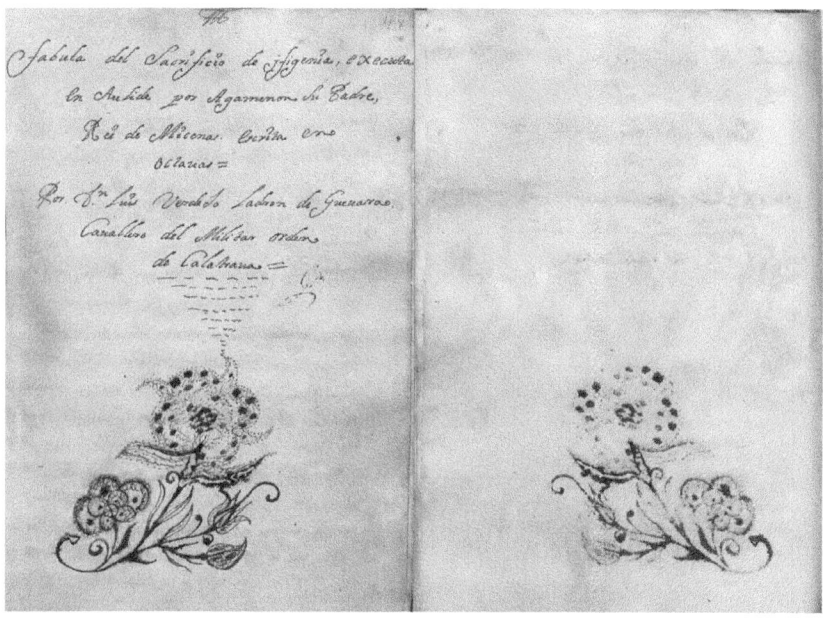

Fig. 6. Portada del testimonio As. Ms. Varios papeles en prosa y verso, sign. A 333/ 092 del Fondo Antiguo de la Universidad de Sevilla

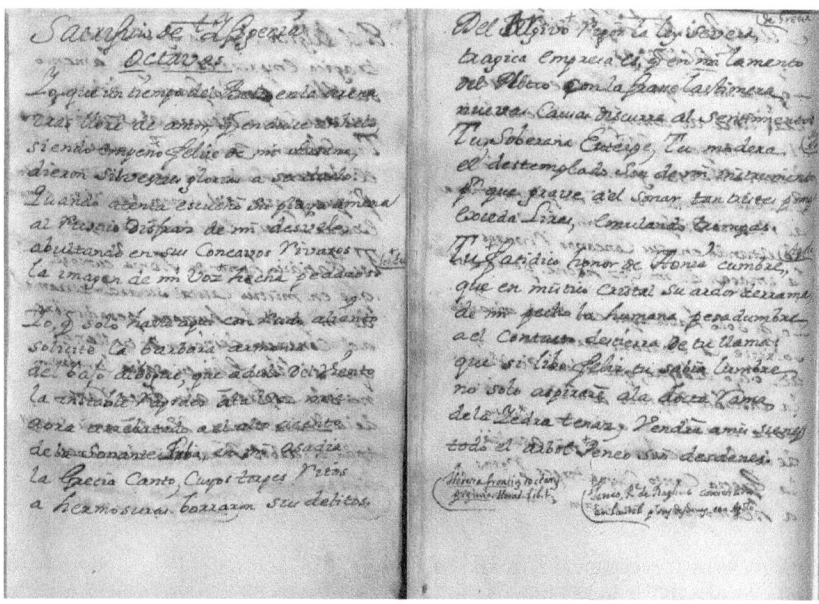

Fig. 7. Primeros versos del testimonio As. Ms. Varios papeles en prosa y verso, sign. A 333/ 092 del Fondo Antiguo de la Universidad de Sevilla

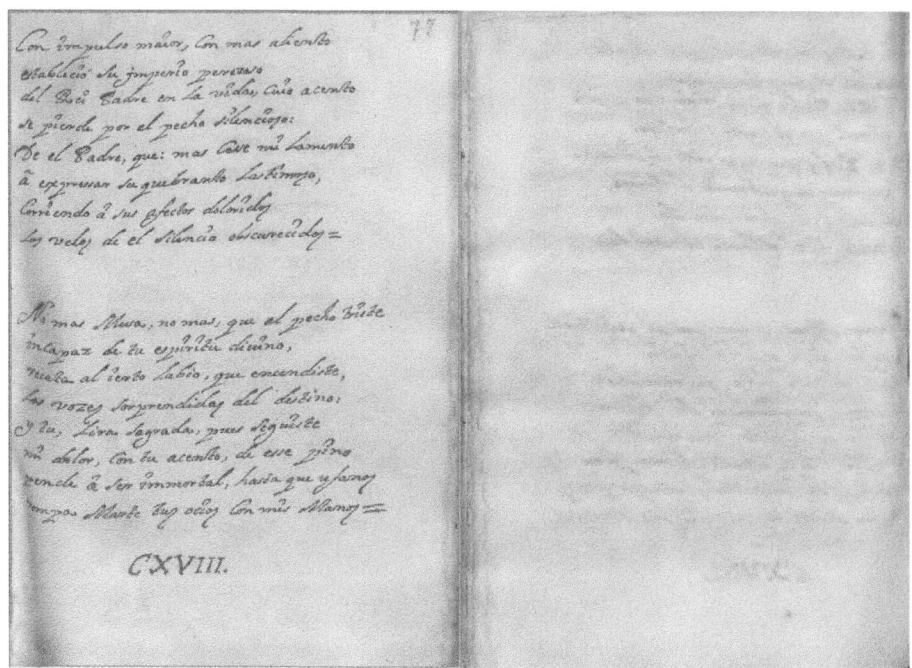

Fig. 8. Página final del testimonio As. Ms. Varios papeles en prosa y verso, sign. A 333/ 092 del Fondo Antiguo de la Universidad de Sevilla

y ordenada, aunque varía según el copista, ya que intervienen hasta cuatro manos[58]. Es copia del testimonio *V*, cuyo prólogo en prosa reproduce, así como el número «CXVIII» cuando termina el texto. Cabe destacar que guarda ciertas semejanzas con el testimonio *AM* pues, además de tener la *Fábula* con el prólogo al lector de Verdejo, ambos ejemplares recogen poemas de fray Francisco de Lara.

---

58. Una letra aparece en la portada, en el prólogo al lector, desde la segunda mitad de la estrofa 80 a la 100, y de la 112 hasta la 118. Otra, de la 1 a la 20, y desde la 101 a la 111. Otra, desde las estrofas 21 hasta la mitad de la estrofa 80. Y otra, en las glosas marginales y en algunas correcciones al texto.

Testimonio Am M. 18148 de la Biblioteca Nacional de España, ff. 96r-119r

Volumen facticio[59] que contiene una amplia variedad de textos, tanto impresos como manuscritos, de diversas temáticas como el *Romance sobre la vida de Santa Gertrudis la Magna* de Manuel González del Valle o *Rasgo épico de la conquista de Orán* de Eugenio Gerardo Lobo. Entre las obras manuscritas hay un gran predominio de textos poéticos, en especial, de Gerónimo de Castilla Muñiz y de Fray Francisco de Lara. De estos dos autores, hay glosas, poemas para certámenes poéticos y poemas de circunstancias, como los *Elogios de las fiestas de Algaba y de doña Isabel de Lerin*, entre los que abundan los poemas de pie quebrado. También hay poemas humorísticos tanto a la bebida como al párroco más guarro. En este ejemplar también hay obras de teatro como varios autos sacramentales de Francisco de Lara.

Este ejemplar proviene de la biblioteca de Pascual de Gayangos, y según la ficha de la Biblioteca Nacional, está datado en el siglo XVIII. Presenta, además, varios tipos de foliaciones. Con respecto a la obra de Verdejo, cabe destacar que además de tener la *Fábula* con el prólogo al lector, tiene, también, *La caída de San Pablo*, aunque no tiene su prólogo. Es copia del testimonio *V*.

La *Fábula* presenta esta portadilla:

FABVULA DEEL SA | crificio de Iphigenia, executado en | Aulide por Agamenon su Padre, y | Rey de Micenas. | Escrita en Octavas por Don Luis Ver- | dejo Ladron de Guevara, Cavalle- | ro del Orden de Calatrava, y | natural de la Ciudad | de Andujar. | [dos líneas horizontales]

No tiene correcciones, aunque como el manuscrito del fondo antiguo de la Universidad de Sevilla, ofrece anotaciones en los márgenes que aclaran los pasajes más difíciles relativos a la mitología. Se observan tres tipos de letra –la de las estrofas y dos más en las notas explicativas–. Al final del poema hay un dibujo de una flor.

---

59. Este testimonio tiene una encuadernación en cuero y reforzada con papel de 180 mm de alto y 145 mm de ancho. Tiene dos tiras de cuero, tanto en el dorso de la encuadernación como en el reverso. En el lomo escrito en tinta se lee: Varios | Papeles | Poéticos | y | Prosaicos | LS. | [dibujo de una flor]. Los cuadernillos parecen ser independientes con cada nueva obra de cierta magnitud. Los pliegos no tienen la misma marca de agua.

Fig. 9. Página final del testimonio Am M. 18148 de la Biblioteca Nacional de España

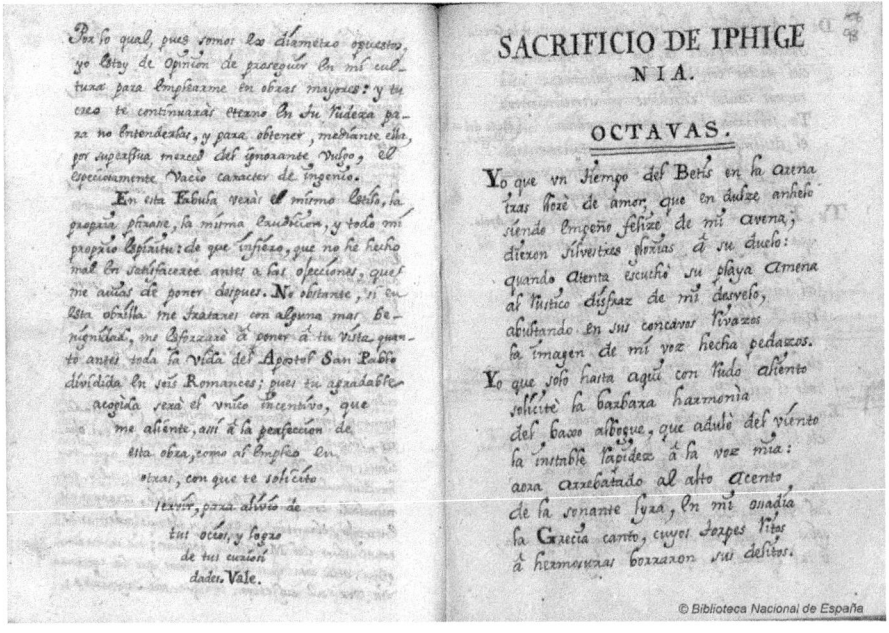

Fig. 10. Página final del testimonio Am M. 18148 de la Biblioteca Nacional de España

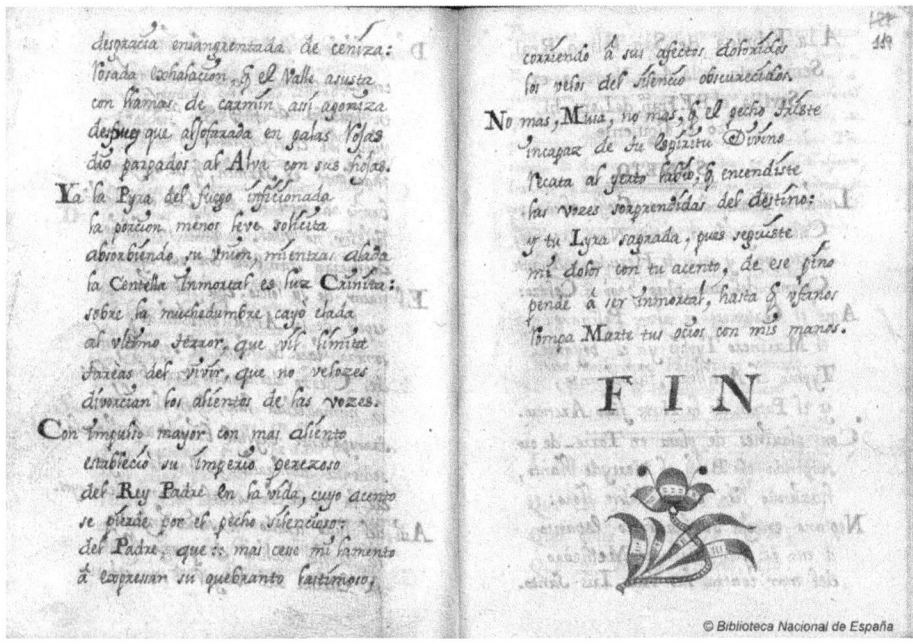

Fig. 11. Página final del testimonio Am M. 18148 de la Biblioteca Nacional de España

Testimonio S. o Ms. CO-Ch-US-AHCRP-DMV-1.1.1.R27 de la Universidad de La Sabana: Archivo Histórico Cipriano Rodríguez Santa María

Transcripción de la portada:

El sacrificio de Ifigenia en octavas | Yo, que Un tiempo deel Betis en la arena | iras llorê de amor que en dulce anhelo [...] |

Relación de contenido:
  f. 1r-f. 19v: *Fábula del sacrifico de Ifigenia*

Este ejemplar no cuenta con portada ni firma de ningún tipo. Tampoco tiene el prólogo al lector, al igual que el testimonio *G*, aunque tiene 118 estrofas como el impreso. Probablemente, sea copia del testimonio *V*.

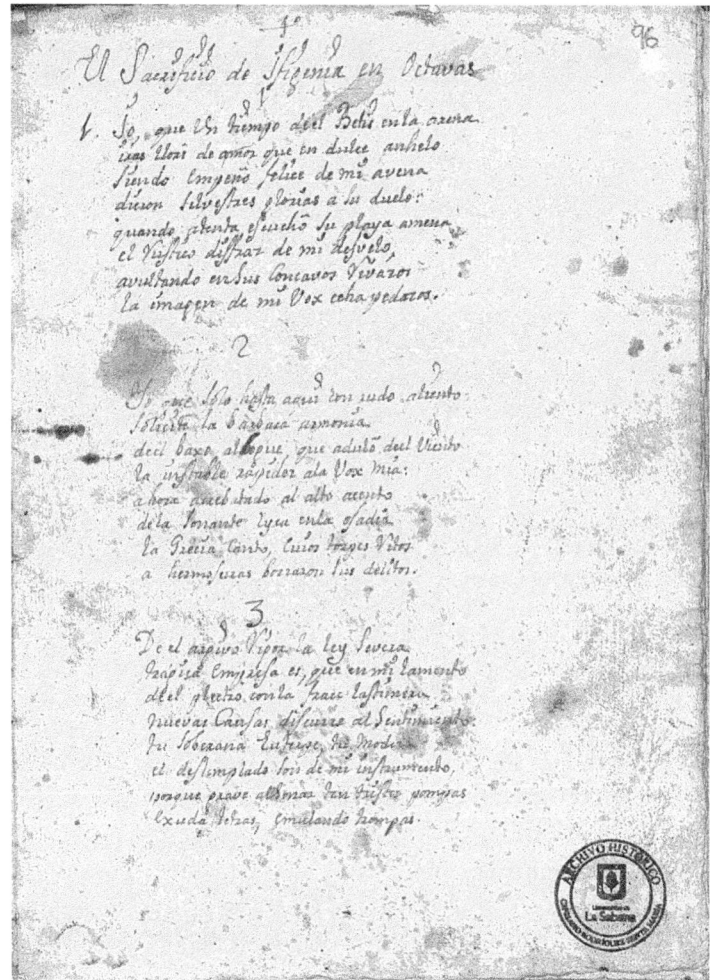

Fig. 12. Portada y primeros versos del testimonio S. o Ms. CO-Ch-US-AHCRP-DMV-1.1.1.R27
de la Universidad de La Sabana: Archivo Histórico Cipriano Rodríguez Santa María

Presenta, en la esquina superior exterior, una foliación a lápiz. El ejemplar
no tiene firma de ningún tipo[60].

_____

60. Para poder averiguar datos sobre este manuscrito, nos pusimos en contacto con
la profesora Marcela Revollo Rueda, coordinadora del Archivo Histórico Cipriano Rodríguez Santa María. Revollo Rueda explicó, a través de un correo electrónico, que habían identificado al autor de este testimonio de la _Fábula_, gracias a la obra de Marcelino

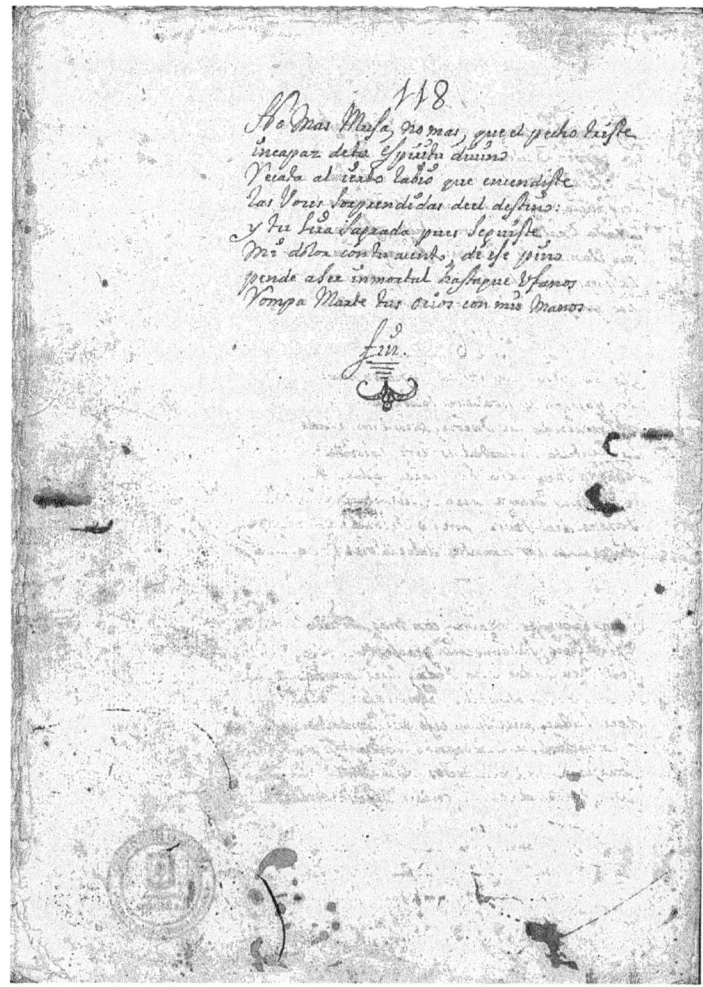

Fig. 13. Página final del testimonio S. o Ms. CO-Ch-US-AHCRP-DMV-1.1.1.R27 de la Universidad de La Sabana: Archivo Histórico Cipriano Rodríguez Santa María

Este manuscrito llegó al Archivo Histórico Cipriano Rodríguez Santa María a través de un acervo documental procedente de la ciudad de Popayán.

Menéndez y Pelayo, *Historia de la poesía Hispano-americana*, quien atribuye a Luis de Verdejo este poema. También consultaron y cotejaron una de las octavas de este poema que aparece en *Obra educativa* de Eugenio de Espejo con el testimonio que conservan en el Archivo.

Se encontró entre los papeles personales de un destacado hombre de letras de dicha ciudad, Santiago Arroyo y Valencia, quien acopió uno de los archivos más grandes y ricos de Colombia. Su archivo personal fue adquirido por David Mejía Velilla, que fue miembro muy distinguido de la Universidad de la Sabana.

Testimonio *E* o Ejemplar de la Biblioteca Nacional de Ecuador

Transcripción de la portada

> SACRIFICIO DE IFIGENIA, | Poema heroico escrito | por D^n. Luis de Verdejo Ladrón de | Guevara [subrayado por tres filas de líneas discontinuas] | Argumento. |

Relación de contenido (Pólit, 7-8).
Demofoonte y Filis de Lorenzo de las Llamosas
A la muerte de Sor Juana Inés de la Cruz de d. Lorenzo de las Llamosas
p. 151-p. 182: *Fábula del sacrifico de Ifigenia*
A la muerte de Sor Juana Inés de la Cruz de Luis Verdejo
Fragmentos de otros poetas (Góngora, P. N. Butrón, Francisco Javier Lozano y José de Orozco)
La Conquista de Menorca de José de Orozco
Queja contra el autor de esta colección
La Corona convertida de P. Revimo

Este testimonio de la *Fábula del sacrificio de Ifigenia* de Luis Verdejo se encuentra en el tomo I de la *Colección de poesías varias, hechas por un ocioso en la ciudad de Faenza* [s. n. t.], del padre Juan Velasco. El volumen proviene de la Biblioteca Nacional Eugenio Espejo, del Fondo Jesuita y tiene la signatura ML122 ms.

El objetivo de la obra del padre Juan de Velasco era recoger los mejores poemas de los mejores ingenios de la lírica castellana. Está formada por cinco tomos (el primero con fecha de 1790 y los siguientes con fecha de 1791), que, a pesar de su valor documental y los diferentes estudios que se les han dedicado (Barrera, 1979), a día de hoy siguen sin estar publicados.

Este ejemplar incluye un elogio al autor y un resumen del argumento justo después del título del poema. Gracias a estos preliminares, sabemos que Velasco no conoció el texto impreso de la *Fábula*, ya que afirma que ha tenido que copiar el texto de «una de las menos malas» de las «innumerables copias que corren manuscritas» (Velasco, 1790: 151). Cabe mencionar también que la sinopsis preliminar no recoge la trama de la obra de Verdejo, sino la tradición más extendida del mito. Por ello, se menciona la estratagema de Ulises para engañar a Ifigenia con la promesa de su matrimonio

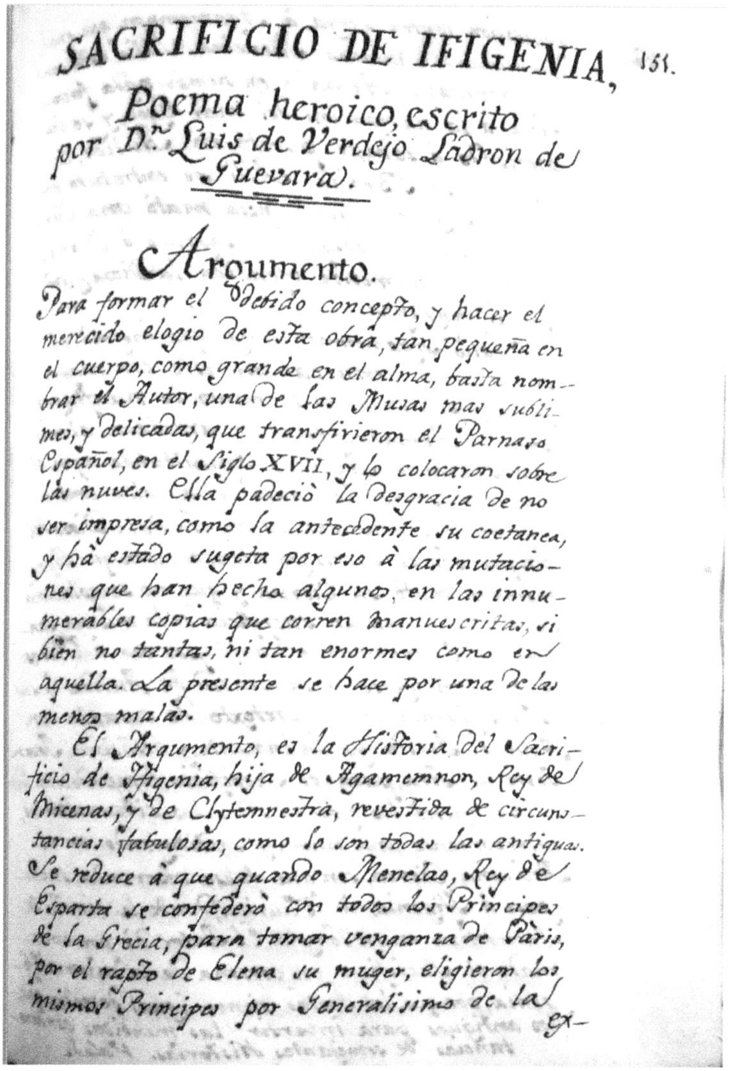
SACRIFICIO DE IFIGENIA, 151.
Poema heroico, escrito por Dn. Luis de Verdejo Ladron de Guevara.

Argumento.

Para formar el debido concepto, y hacer el merecido elogio de esta obra, tan pequeña en el cuerpo, como grande en el alma, basta nombrar el Autor, una de las Musas mas sublimes, y delicadas, que transfirieron el Parnaso Español, en el Siglo XVII, y lo colocaron sobre las nuves. Ella padeciò la desgracia de no ser impresa, como la antecedente su coetanea, y hà estado sugeta por eso à las mutaciones que han hecho algunos, en las innumerables copias que corren manuscritas, si bien no tantas, ni tan enormes como en aquella. La presente se hace por una de las menos malas.

El Argumento, es la Historia del Sacrificio de Ifigenia, hija de Agamemnon, Rey de Micenas, y de Clytemnestra, revestida de circunstancias fabulosas, como lo son todas las antiguas. Se reduce à que quando Menelao, Rey de Esparta se confederò con todos los Principes de la Grecia, para tomar venganza de Paris, por el rapto de Elena su muger, eligieron los mismos Principes por Generalisimo de la ex-

Fig. 14. Portada del testimonio *E* o ejemplar de la Biblioteca Nacional de Ecuador con Aquiles y la intervención final de Ártemis, que salva a la joven y la lleva a Táuride donde la convierte en su sacerdotisa. No obstante, al final de este resumen, Velasco admite que el poema de Verdejo no acaba de esta forma: «El autor da por consumado el sacrificio en persona de la misma Ifigenia,

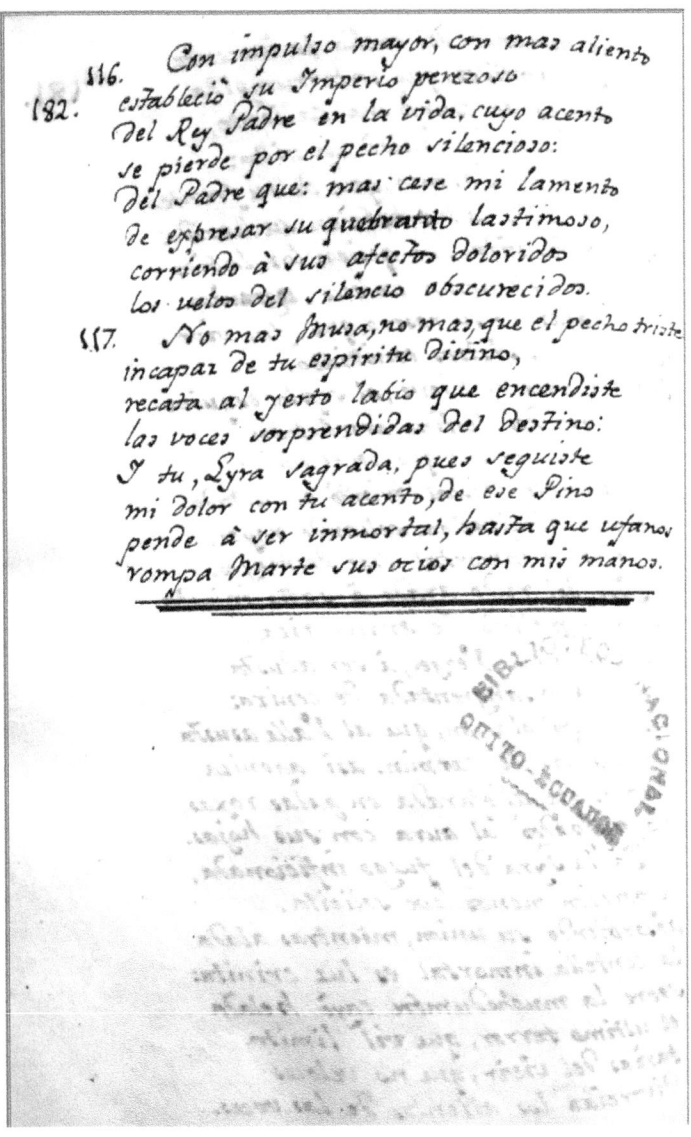

Fig. 15. Página final del testimonio *E* o ejemplar de la Biblioteca Nacional de Ecuador

porque los poetas tienen igual derecho que los antiguos para invertir las mentidas circunstancias de semejantes historias. Vale».

Ejemplar de la de la biblioteca Firmiana

El catálogo de la biblioteca Firmiana (1783) menciona la existencia de un ejemplar en el que estaba recogida la *Fábula del sacrificio de Ifigenia*[61].

> 5º Fabula de el Sacrificio de Ifigenia executado en Aulide por Agamenón su Padre Reij de Mycenas.
> Escrita en octavas por Don Luis Verdejo Ladron de Guevara Cavallero del Militar Orden de Calatrava (imprenta Monasteri S. Ambrosii Majoris, 1783: 95).

Muchos libros de esta biblioteca fueron añadidos a la Biblioteca del colegio de los jesuitas en Brera[62]. A su vez, la biblioteca de los jesuitas fue subsumida por la Biblioteca Nazionale Braidense, en cuyo catálogo digital no aparece, sin embargo, dicho ejemplar.

---

61. El ejemplar se encuentra dentro de la sección de *Humaniores literae. Grammatici, oratores, critici. Poeti & c.* Se trataba del ejemplar A. 286, en el que también estaban incluidas: Sitio, ataque y rendición de Lerida de Eugenio Gerardo Lobo de 1707; un poema de Luis de Ulloa Pereira sobre los amores de Alfonso VIII, rey de Castilla y Raquel, la hebrea; 16 romances amorosos y dos heroicos; una zarzuela de Espinosa: *La vida es sueño y lo que son juicios del Cielo*; y por último la *Fábula* de Verdejo. Es un volumen relativo a *manuscripta* lo que indica que, quizás, pueda tratarse de una copia manuscrita dentro de este, posible, volumen facticio.

62. Don Juan Andrés en sus *Cartas familiares (Viajes de Italia)* (1785), editadas en 2004 por Arbillaga y Valcárcel, dice: «[...] fui hospedado en Brera en su compañía, y en sus propios cuartos, empezaré dándote noticia de este gran colegio [...] y la biblioteca es ciertamente digna de una buena entrada [...] y que a todas éstas se han añadido aun muchísimos libros de la biblioteca del difunto conde de Firmiana y de varias otras [...]» (Andrés, 2004: 200-201).

REFERENCIAS BIBLIOGRÁFICAS

Aguilar Piñal, Francisco (1989): *Bibliografía de autores españoles del siglo XVIII. Tomo V L-M*. Madrid: Consejo superior de investigaciones científicas.

Alenda y Mira, Jenaro (1903): *Relaciones de solemnidades y fiestas públicas de España*. Madrid: Establecimiento Tipográfico Sucesores de Rivadeneyra.

Alonso, Dámaso (1961): *Góngora y el «Polifemo», II*. Madrid: Gredos.

Andrés, Juan (2004): *Cartas familiares: (viaje a Italia)*, eds. Idoia Arbillaga y Carmen Valcárcel, dirigida por Pedro Aullón de Haro. Madrid: Verbum.

Baldissera, Andrea (2014): «Del *Monserrate* al *Monserrate segundo* y nuevamente al *Monserrate*», en Paolo Pintacuda (ed.), *Le vie dell'epica ispanica*. Lecce y Rovato: Pensa multimedia, 211-233.

Baldissera, Andrea, Bonilla Cerezo, Rafael, Pintacuda, Paolo y Tanganelli, Paolo (2022): «Premisa para una Filología de autor aplicada a textos del Siglo de Oro», *Creneida. Anuario de Literaturas Hispánicas*, 10, 10-12.

Barrera, Isaac J. (1979): *Historia de la literatura ecuatoriana*. Quito: Libresa.

Baumbach, Manuel y Bär, Silvio (2012): *Brill's Companion to Greek and Latin Epyllion*. Leiden y Boston: Brill.

Béhar, Roland (2013): «"Tu mihi…": variaciones bucólicas sobre un ritual de dedicatoria, de Virgilio a Góngora», *NRFH*, 1, 65-98.

Blanco, Mercedes (2010): «La estela del Polifemo o el florecimiento de la estética barroca (1613-1624)», *Lectura y Signo*, 5, 31-68.

Blanco, Mercedes (2012): *Góngora heroico. Las Soledades y la tradición épica*. Madrid: Centro de Estudios Europa Hispánica.

Bonilla Cerezo, Rafael (2007): «Sus rubias trenzas, mi cansado acento: ciervas, cazadoras y corcillas en la poesía de Góngora», en Joaquín Roses (ed.), *Góngora hoy (IX): Ángel fieramente humano: Góngora y la mujer*. Córdoba: Diputación Provincial de Córdoba, 157-263.

Boscán, Juan (1999): *Poesía*, ed. Pedro Ruiz Pérez. Madrid: Akal.

Bottineau, Yves (1986): *El arte cortesano en la España de Felipe V (1700-1746)*. Madrid: Fundación Universitaria Española.

Burkert, Walter (2013): *Homo Necans. Interpretaciones de ritos sacrificiales y mitos de la Antigua Grecia*, traducción de Marc Jiménez Buzzi. Barcelona: Acantilado.

Cadenas y Vicent, Vicente de (1986): *Caballeros de la orden de Calatrava que efectuaron sus pruebas de ingreso durante el siglo XVIII. Tomo I: Años de 1700-1715*. Madrid: Centro Superior de Investigaciones Científicas.

Caldera, Ermanno (1967): «En torno a las tres primeras estrofas del *Polifemo* de Góngora», en Norbert Polussen y Jaime Sánchez Romeralo (coords.), *Actas del segundo Congreso Internacional de Hispanistas*. Nimega: Instituto Español de la Universidad de Nimega, 227-233.

Calímaco (1980): *Himnos, epigramas y fragmentos*, introducciones, traducción y notas de Luis Alberto de Cuenca y Prado y Máximo Brioso Sánchez. Madrid: Gredos.

Calvo, Florencia (2021): «"¿Por qué con esa lengua artificiosa, arroyo, te metiste en mar tan brava?" *Variatio*, paisaje y escritura en el poema mitológico *La Filomena* de Lope de Vega», *Janus*, 10, 39-54.

Cañada Quesada, Rafael (2003): «Hijosdalgo de la ciudad de Jaén: linaje Gámiz», *Hidalguía: la revista de genealogía, nobleza y armas*, 298-299, 435-469.

Casas Rigall, Juan (1999): *La materia de Troya en las letras romances del siglo XIII hispano*. Santiago de Compostela: Universidade de Santiago de Compostela.

Catulo (1993): *Catulo: Poemas. Tibulo: Elegías*, Arturo Soler Ruiz (ed.). Madrid: Gredos.

Collantes Sánchez, Carlos M. y García Aguilar, Ignacio (2015): «Dedicatarias femeninas en la poesía impresa del bajo barroco», *Criticón*, 125, 49-64. Disponible en: https://cvc.cervantes.es/literatura/criticon/PDF/125/125_049.pdf [Consultado el 14-3-2020].

Colombi, Beatriz (2015): «Fama, pasión y razón en la carta de Monterrey de Sor Juana Inés de la Cruz», *Caracol*, 10, 240-263.

Cossío, José María de (1952): *Fábulas mitológicas en España*. Madrid: Espasa-Calpe.

Cristóbal López, Vicente (2010): «La fábula mitológica en España: Valoración y perspectivas», *Lectura y signo: revista de literatura*, 5, 1, 9-30.

Crump, M. Marjorie (1997): *The epyllion from Theocritus to Ovid*. Bristol: Bristol classical press.

Curtius, E. R. (1985): *Literatura Europea y Edad Media latina*. México: Fondo de Cultura Económica.

Dares Frigio (2001): *Historia de la destrucción de Troya*, Mª Felisa del Barrio Vega y Vicente Cristóbal López (eds.). Madrid: Gredos.

Descalzi, Ricardo y Renaud, Richard (eds.) (1996): *El Chulla Romero y Flores. Volumen 8*, de Jorge Icaza. Madrid: Editorial Universidad de Costa Rica.

Dictis Cretense (2001): *La Ilíada latina; Diario de la Guerra de Troya*, Mª Felisa del Barrio Vega y Vicente Cristóbal López (eds.). Madrid: Gredos.

Domínguez Cubero, José (2009): «La romería de la Virgen de la Cabeza a través de la pintura y literatura barroca», *Giennium: revista de estudios e investigación de la Diócesis de Jaén*, 12, 305-342.

Doñas Beleña, Antonio (2015): *Las versiones castellanas medievales de la Consolatio Philosophiae de Boecio*. Tesis doctoral, Universitat de València, Valencia. Disponible en: https://roderic.uv.es/handle/10550/50009 [Consultado el 26-11-2020].

Escobar Borrego, Francisco Javier (2002): *El mito de Psique y Cupido en la poesía española del siglo XVI (Cetina, Mal Lara y Herrera)*. Sevilla: Secretariado de publicaciones de la Universidad de Sevilla.

Esquilo (1986): «Agamenón», en Manuel Fernández-Galiano y Bernardo Perea Morales (eds.), *Tragedias*. Madrid: Gredos.

Finkmann, Simone (2020): «Narrative Patterns and Structural Elements in Greek Epyllia», en Christiane Reitz y Simone Finkmann (eds.), *Structures of Epic Poetry*. Berlín y Boston: De Gruyter, 357-442.

Galiano Puy, Rafael (2007): «Datos para una biografía del arquitecto Juan de Aranda Salazar (1590?-1654)», *Elucidario: Seminario bio-bibliográfico Manuel Caballero Venzalá*, 3, 355-382.

Galiano Puy, Rafael (2012): «La expulsión de los moriscos de la ciudad de Jaén», *Boletín del Instituto de Estudios Giennenses*, 205, 105-152.

Gallardo, Bartolomé José (1968): *Ensayo de una biblioteca española de libros raros y curiosos*. Madrid: Gredos.

Giafredda, Christian (ed.) (2002): *Laurel de Apolo*, de Lope de Vega, introducción de Maria Grazia Profeti. Florencia: Alinea Editrice.

Giménez Carrillo, Domingo Marcos (2016): *Los caballeros de las órdenes militares castellanas. Entre Austrias y Borbones*. El Ejido: Editorial Universidad de Almería.

Gómez Canseco, Luis (ed.) (2022): *La Araucana*, de Alonso de Ercilla. Madrid: Real Academia Española-Espasa.

Góngora, Luis de (1974): *Góngora y el «Polifemo»*, edición comentada y anotada de Dámaso Alonso. Madrid: Gredos.

Góngora, Luis de (2016): *Soledades*, Robert Jammes (ed.). Madrid: Castalia.

Góngora, Luis de (2022): *Fábula de Polifemo y Galatea*, Jesús Ponce Cárdenas (ed.). Madrid: Cátedra.

González Martínez, Nicolás y Nebra, José (1747): *Para obsequio a la deydad, nunca es culto la crueldad. Iphigenia en Tracia*. Madrid: [s.n.], digitalizado a partir del ejemplar con signatura A 250/ 097 (09) de la Biblioteca de la Universidad de Sevilla. Disponible en: https://archive.org/details/A25009709 [Consultado el 10-5-2020].

Green, C. M. C. (2007): *Roman Religion And The Cult of Diana at Aricia*. Nueva York: Cambridge University Press.

Grimal, Pierre (1981): *Diccionario de mitología griega y romana*, prefacio de Charles Picard y prólogo de la edición española Pedro Pericay. Barcelona-Buenos Aires: Ediciones Paidós.

Hall, Edith (2013): *Adventures with Iphigenia in Tauris. A Cultural History of Euripides' Black Sea Tragedy*. Nueva York: Oxford University Press.

Higinio (2009): *Fábulas*, introducción y traducción de Javier del Hoyo y José Miguel García Ruiz, notas e índices de Javier del Hoyo. Madrid: Gredos.

Hölscher, T. (1990): «Augustus and Orestes», *Études et Travaux* [Travaux du Centre d'Archeologie Mediterranéenne de l'Académie Polonaise des Sciences], 15, 164-173.

Homero (2000): *Ilíada*, traducción, prólogo y notas de Emilio Crespo Güemes. Madrid: Gredos.

Hömke, Nicola (2020): «Epic Structures in Classical and Post-classical Roman Epyllia», en Christiane Reitz y Simone Finkmann (eds.), *Structures of Epic Poetry*. Berlín y Boston: De Gruyter, 443-488.

Hughes, Derek (2007): *Culture and Sacrifice: Ritual Death in Literature and Opera*. Cambridge: Cambridge University Press.

Jammes, Robert (ed.) (1994): *Soledades*, de Luis de Góngora. Madrid: Castalia.

Jiménez Belmonte, Javier (2015): «Poesía y poder en la España postbarroca: Gabriel Álvarez de Toledo en la Casa de Montellano (1689-1714)», *Criticón*, 123, 79-103.

Keeble, Thomas W. (1969): «Los orígenes de la parodia de temas mitológicos en la poesía española», *Estudios clásicos*, 13, 57, 83-96.

Kluge, Sofie (2012): «Espejo del mito. Algunas consideraciones sobre el epilio barroco», *Criticón*, 115, 159-174.

Kluge, Sofie (2013): «Un epilio barroco: el *Polifemo* y su género», en Rodrigo Cacho y Anne Holloway (coords.), *Los géneros poéticos del Siglo de Oro: centros y periferias*. Woodbridge: Tamesis Book Limited, 151-170.

Kluge, Sofie (2014): *Diglossia: the Early Modern Reinvention of Mythological Discourse*. Kassel: Edition Reichenberger.

Koster, Severin (2002): «Epos-Kleinepos-Epyllion? Zu Formen und Leitbildern spätantiker Epik», en J. Dummer y M. Vielberg (eds.), *Leitbilder aus Kunst und Literatur Stuttgart*, 31-51.

Lope de Vega (2007): *El laurel de Apolo*, edición de Antonio Carreño. Madrid: Cátedra.

Lucrecio (2003): *La naturaleza*, introducción, traducción y notas de Francisco Socas. Madrid: Gredos.

Manrique de Lara y Gonzaga, María Luisa (2015): *Cartas de Lysi. La mecenas de sor Juana Inés de la Cruz en correspondencia inédita*, estudio preliminar, edición y notas de Hortensia Calvo y Beatriz Colombi. Madrid, Frankfurt am Mainm, México D.F.: Iberoamericana, Vervuert, Bonilla Artigas Editores.

Manrique Frías, Gerardo (2010): *Los mitos clásicos en los dramas mitológicos de Calderón de la Barca. Estudio de sus referencias básicas: personajes y lugares*. Tesis doctoral, Universidad Nacional de Educación a Distancia, Madrid. Disponible en: http://e-spacio.uned.es/fez/eserv/tesisuned:Filologia-Gmanrique/Documento.pdf [Consultado el 20-12-2020].

Márquez Martínez, Esther (2022): *Ifigenia en la Literatura hispánica desde el medievo al siglo XVIII*. Berlín: Peter Lang.

Menéndez Pelayo, Marcelino (2012): *Obras completas: Historia de las Ideas Estéticas en España*. Santander: Ediciones de la Universidad de Cantabria.

Menéndez Pelayo, Marcelino (2017): *Obras completas: Orígenes de la novela. Tomo II. Volumen I*. Santander: Ediciones de la Universidad de Cantabria.

Merriam, Carol Una (2001): *The development of the epyllion genre through the Hellenistic and Roman periods*. Lewiston, Queenston, Lampeter: E. Mellen press.

Montes Cala, José Guillermo (ed.) (1987): *Hécale*, de Calímaco. Cádiz: Universidad de Cádiz, Servicio de Publicaciones.

Morley, S. G. (1925): «Strophes un the Spanish drama before Lope de Vega», *Revista de Filología Española*, 12, 1, 398-400.

Moura Sobral, Luís (2009): «María Guadalupe de Lencastre (1630-1715). Cuadros, libros y aficiones artísticas de una duquesa ibérica», *Quintana. Revista de Estudos do Departamento de Historia da Arte*, 8, 61-73.

Ovidio (1992): *Tristes. Pónticas*, introducción, traducción y notas de José González Vázquez. Madrid: Gredos.

Ovidio (1995): *Metamorfosis*, introducción de Antonio Ramírez de Verger, traducción de Antonio Ramírez de Verger y Fernando Navarro Antolín. Madrid: Alianza Editorial.

Palau y Dulcet, Antonio (1948): *Manual del librero hispanoamericano: bibliografía general española e hispanoamericana [...]*. Barcelona: Librería Anticuaria de A. Palau.

Pérez de Guzmán y Boza, Manuel (1901): *Catálogo de la biblioteca de Manuel Pérez de Guzmán y Boza, Marqués de Jerez de los Caballeros*, [Sevilla?], digitalizado a partir del ejemplar con signatura A F.A. 017.2/ PER de la Biblioteca de la Universidad de Sevilla. Disponible en https://archive.org/details/AFA0172PER [Consultado el 9-5-2018].

Pérez de Moya, Juan (1599): *Filosofía secreta*. Zaragoza: por Miguel Fortuño Sanchez, a costa de Juan Bonilla, digitalizado a partir del ejemplar con signatura MitRes. 1-12º de la Biblioteca de Catalunya. Disponible en: https://books.google.es/books?vid=BNC:1001176226&hl=ca&printsec=frontcover&redir_esc=y#v=onepage&q&f=false [Consultado el 2-2-2019].

Perrotta, Gennaro (1923): «Arte e tecnica nell'epilio alessandrino», *Atene e Roma*, 4, 243-255.

Pintacuda, Paolo (2022): «Variantes de autor y tradiciones exclusivamente impresas: unas calas en la épica culta», *Creneida. Anuario de Literaturas Hispánicas*, 10, 285-302.

Ponce Cárdenas, Jesús (2007): «De burlas y enfermedades barrocas: la sífilis en la obra poética de Anastasio Pantaléon de Ribera y Miguel Colodrero de Villalobos», *Criticón*, 100, 115-142.

Ponce Cárdenas, Jesús (2010): *El tapiz narrativo del Polifemo: eros y elipsis*. Barcelona: Grup de Recerca en Història de la Creació Literària. Universitat Pompeu Fabra.

Ponce Cárdenas, Jesús (ed.) (2022): *Fábula de Polifemo y Galatea*. Madrid: Cátedra.

Poot Herrera, Sara (1999): «Sor Juana: nuevos hallazgos, viejas relaciones», *Anales de literatura española*, 13, 63-84.

Porras Arboledas, Pedro Andrés (2006): «Nobles y conversos, una relación histórica difícil de ser entendida aún hoy: el caso de los Palomino conversos giennenses», *En la España medieval (Ejemplar dedicado a: Estudios de genealogía, heráldica y nobiliaria, coordinado por Miguel Ángel Ladero Quesada)*, 1, 203-224.

Rebolledo y Villamizar, Bernardino de (1652): *Selva militar y política*, Colonia Agripina: por Antonio Kinchio, digitalizado a partir del ejemplar con signatura *38.Bb.82 de la Biblioteca Nacional de Austria. Disponible en: http://digital.onb.ac.at/OnbViewer/viewer.faces?doc=ABO_%2BZ175708203 [Consultado el 19-4-2020].

Recio García, Tomás de la Ascensión y Soler Ruiz, Arturo (1990): *Bucólicas. Geórgicas. Apéndice virgiliano*, de P. Virgilio Marón, introducción general de J.L. Vidal. Madrid: Gredos.

Revert Soriano, Roberto (2012): «La lealtad a la ley de Ifigenia: sobre la supuesta despolitización de la tragedia tardía de Eurípides», *Philologica Urcitana. Revista semestral de Iniciación a la Investigación en Filología*, 6, 23-55.

Rico García, José Manuel (2022): «Jáuregui o la voluntad imperfectiva de perfección: las variantes de autor en *La Farsalia* (1640)», *Creneida. Anuario de Literaturas Hispánicas*, 10, 245-284.

Ripoll, Begoña (1991): *La novela barroca*. Salamanca: Ediciones Universidad de Salamanca.

Rucellai, Giovanni (1723): *L'Oreste*, en *Tomo primo in cui si contengono La Sofonisba del Trissino. L'Oreste del Rucellai non più stampato. L'Edipo di Sofocle tradotto dal Giustiniano. La Merope del Torelli. Premessa un'istoria del teatro, e difesa di esso*. Verona: por Jacopo Vallarsi, digitalizado a partir del ejemplar con signatura RAVE008309 de la Biblioteca Nacional Central de Roma. Disponible en: http://digitale.bnc.roma.sbn.it/tecadigitale/libroantico/RAVE008309/0002 [Consultado el 20-9-2020].

Ruiz de Loizaga Ullibarri, Saturnino (1992): «Nuevas aportaciones sobre los judíos en los valles alaveses en la Edad Media», *Sancho el Sabio*, 2, 259-268.

Sabat de Rivers, Georgina (2005): *Bibliografía y otras cuestiúnculas sorjuanianas*. Alicante: Biblioteca Virtual Miguel de Cervantes.

Santa Cruz y Espejo, Francisco Xavier Eugenio de (1981): *Obra educativa*, edición, prólogo, notas y cronología de Philip L. Astuto. Caracas: Fundación Biblioteca Ayacucho.

Sañudo, José Rafael (1894): *Apuntes sobre la historia de Pasto*. Pasto: Tipografía de Alejandro Santander.

Schwartz, Lía (2008): «La poesía grecolatina en el siglo XVI: las traducciones de los clásicos», en Begoña López Bueno (coord.), *El canon poético en el siglo XVI: VIII Encuentro Internacional sobre Poesía del Siglo de Oro*. Sevilla: Universidad de Sevilla, 19-46.

Servio (1881): *Commentary on the Aeneid of Vergil*, ed. Georgius Thilo. Leipzig: Teubner.

Seznec, Jean (1980): *Los dioses de la Antigüedad en la Edad Media y en el Renacimiento*, versión castellana de Juan Aranzadi. Madrid: Taurus.

Soler Ruiz, Arturo (1993): *Catulo: Poemas. Tibulo: Elegías*. Madrid: Gredos.

Teócrito (1986): «Idilios», en Manuel García Teijeiro y Mª Teresa Molinos Tejada (eds.), *Bucólicos griegos*. Madrid: Gredos.

Tilg, Stefan (2008): «Augustus and Orestes: two literary clues», *The Classical Quarterly*, 58, 1, 368-370.

Tilg, Stefan (2012): «On the Origins of the Morden Term "Epyllion": Some Revisions to a Chapter in the History of Classical Scholarship», en Manuel

Baumbach y Silvio Bär, *Brill's Companion to Greek and Latin Epyllion and its Reception*. Leiden y Boston: Brill, 29-54.

Velasco, Juan de (1790): *Colección de poesías varias, hecha por un ocioso en la ciudad de Faenza. Tomo I*. Manuscrito inédito con signatura FJ08964 de la Biblioteca Nacional del Ecuador «Eugenio Espejo».

Verdejo Ladrón de Guevara, Luis (1699): *La caída del apóstol san Pablo*. Madrid: s.n., digitalizado a partir del ejemplar con signatura 019762581 de la British Library. Disponible en: http://access.bl.uk/item/viewer/ark:/81055/vdc_100100635507.0x000001 [Consultado el 30-4-2018].

Verdejo Ladrón de Guevara, Luis (s.a.): *Fábula del sacrificio de Ifigenia*. s.l.: s.n, ejemplar digitalizado a partir del ejemplar de la Hispanic Society de Nueva York.

Verdejo Ladrón de Guevara, Luis (s.a.): *Fábula del sacrificio de Ifigenia*. s.l.: s.n., en *Vitae Sanctorum et Martyrum 1*, ejemplar con signatura Xi 7778 ff. de la Biblioteca Estatal de Berlín.

Verdejo Ladrón de Guevara, Luis (s.a.): *Fábula del sacrificio de Ifigenia*. Manuscrito inédito, digitalizado a partir del ejemplar con signatura CO-Ch-US-AHCRS-DMV-1.1.1.R27 del Archivo Histórico Cipriano Rodríguez Santa María de la Universidad de La Sabana (Colombia). Disponible en: http://intellectum.unisabana.edu.co/handle/10818/21372 [Consultado el 20-4-2018].

Verdejo Ladrón de Guevara, Luis (s.a.): *Fábula del sacrificio de Ifigenia*, en *Libro de varios papeles curiosos, poéticos y prosaicos de diversos ingenios y de don Gerónimo Manuel de Castilla Muñiz*, manuscrito inédito. digitalizado a partir del ejemplar con signatura Ms/18148 de la Biblioteca Nacional de España en Madrid. Disponible en: http://bdh-rd.bne.es/viewer.vm?id=0000135501&page=1 [Consultado el 22-4-2018].

Verdejo Ladrón de Guevara, Luis (s.a.): *Fábula del sacrificio de Ifigenia*, en *Varios papeles en prosa y verso*, manuscrito inédito, con signatura A 333/092 en la Biblioteca de la Universidad de Sevilla.

Verdejo Ladrón de Guevara, Luis (s.a.): *Fábula del sacrificio de Ifigenia*, manuscrito inédito, digitalizado a partir del ejemplar con signatura Ms/5915 de la Biblioteca Nacional de España. Disponible en: http://bdh-rd.bne.es/viewer.vm?id=0000114791&page=1 [Consultado el 25-4-2018].

Verdejo Ladrón de Guevara, Luis (s.a.): *Fábula del sacrificio de Ifigenia*, s.l.: s.n., digitalizado a partir de ejemplar con signatura VE/518/23 de la Biblioteca Nacional de España. Disponible en: http://bdh-rd.bne.es/viewer.vm?id=0000063708&page=1 [Consultado el 22-4-2018].

Vignau y Ballester, Vicente (1903): *Índice de pruebas de los caballeros que han vestido el hábito de Calatrava*. Madrid: Estudio tipográfico de la viuda e hijos de

M. Tello, digitalizado a partir del ejemplar con signatura B 99 OM CAL de la Biblioteca Nacional de España. Disponible en: http://bdh-rd.bne.es/viewer.vm?id=0000203037&page=1 [Consultado el 10-10-2020].

Virgilio (1990): *Bucólicas. Geórgicas. Apéndice Virgiliano*, introducción general J.L Vidal, traducciones, introducciones y notas por Tomás de la Ascensión Recio García y Arturo Soler Ruiz. Madrid: Gredos.

Vitoria, Baltasar de (1620): *Teatro de los dioses de la gentilidad. Primera parte*. Salamanca: por Antonia Ramírez, digitalizado a partir del ejemplar con signatura BH FLL 16065 de la Biblioteca de la Universidad Complutense de Madrid. Disponible en: https://catalog.hathitrust.org/Record/009333544 [Consultado el 19-3-2020].

Vitoria, Baltasar de (1702): *Segunda parte del Theatro de los dioses de la gentilidad*. Barcelona: en la imprenta de Juan Pablo Martí, por Francisco Barnola impresor, digitalizado a partir del ejemplar con signatura BH DER 7036 de la Biblioteca de la Universidad Complutense de Madrid. Disponible en: https://babel.hathitrust.org/cgi/pt?id=ucm.5319105415&view=1up&seq=5 [Consultado el 19-3-2020].

Wasyl, Anna Maria (2011): *Genres Rediscovered: Studies in Latin Miniature Epic, Love Elegy, and Epigram of the Romano-Barbaric Age*. Cracovia: Jagiellonian University Press.

Weaver, William P. (2012): *Untutored Lines: the Making of the English Epyllion*. Edimburgo: Edinburgh University Press.

Expedientes

(1604): Diego Cacho de Santillana, Archivo General de Indias, con signatura (CONTRATACION,5281,N.15).

(1604): Diego Ruiz de la Estrella, Archivo General de Indias, con signatura (CONTRATACION,5281,N.16).

(1604): Luis Verdejo Ladrón de Guevara, Archivo General de Indias, con signatura (CONTRATACION,5281,N.17).

(1605): Carta del oidor Cristóbal Cacho de Santillana, Archivo General de Indias, con signatura (PANAMA,15,R.6,N.50).

(1642): Autos de bienes difuntos, Archivo General de Indias, con signatura (CONTRATACION,407A).

(1703): Luis Verdejo y Álamos Palomino Morales, Expedientillo OM-CABALLE-ROS_CALATRAVA,Exp. 2782 del Archivo Histórico Nacional en Madrid.

(1718): Documentación relativa al depósito de una biblioteca, propiedad de María Guadalupe Lancáster Cárdenas [IX duquesa de Maqueda], que tras su fallecimiento, su hijo, [Joaquín Ponce de León Lancáster, VII] duque de Arcos entregó al Convento de Santa Eulalia de la orden de San Francisco en Marchena (Sevilla), reservando la propiedad a la casa de Arcos, en el Archivo Histórico de la Nobleza, con signatura OSUNA, C.173,D.146-149.

(1737): Prórroga de la licencia y privilegio de reimpresión de varias obras, solicitada por Nicolás Rodríguez Franco, impresor de libro, en el Archivo Histórico Nacional con signatura CONSEJOS, 50634, Exp. 97.

CRITERIOS DE EDICIÓN

El objetivo de esta edición sinóptica es ofrecer a los lectores un texto que presente los dos estadios de redacción hallados[63] de la *Fábula del sacrificio de Ifigenia*, para poder contrastar ambas versiones. La doble presentación ayuda a comprender mejor la genética textual de este poema y los cambios que experimentó a lo largo del tiempo.

El texto que se ubica a la derecha es la transcripción del testimonio *G*. Para facilitar la lectura del poema, las estrofas que, debido a un error de copia, estaban en posiciones incorrectas, se han colocado en la posición que les corresponde. De este modo, las estrofas [35], [36], [37] y [38] y las estrofas [47], [48], [49] y [50], que estaban intercambiadas en *G*, se han reordenado en esta edición. Estos cambios aparecen marcados con un asterisco en el aparato crítico.

A la izquierda, aparece el segundo estado de redacción, siguiendo el texto que presenta el testimonio *V*. Hay que señalar, sin embargo, que el texto de *V* ha sido sometido a la práctica de la enmienda para corregir pasajes erróneos. Para llevar a cabo este proceso se ha establecido, en primer lugar, la historia textual de los testimonios y se han cotejado los textos que recogen. En segundo lugar, se ha sometido el texto, y en particular aquellos pasajes sospechosos de error, a un análisis concienzudo, hasta llegar a la lectura

---

63. El testimonio *G* presenta la que, pudo ser, la versión primitiva frente al resto de testimonios –*V*, *AM*, *AS* y *S*– que recogen el estado final de redacción.

propuesta en esta edición. Para dicho análisis se ha adoptado como marco el conocimiento del *usus scribendi*, tomado en sentido amplio, es decir, como el estado de la lengua y de la cultura literaria de la época. Las enmiendas que se han adoptado ya figuran en otros testimonios y se han incluido en esta edición porque resuelven pasajes oscuros que no daban sentido. En nota a pie, aparece el aparato crítico en el que se recogen todas las variantes de los testimonios consultados –*V*; *AM*; *AS*; *S*; *E*–.

En cuanto a disposición del texto se refiere, se ha procedido a modernizar tanto las grafías y la acentuación como la puntuación. Sin embargo, se han conservado todos aquellos rasgos de la lengua del texto que respondan a usos morfológicos y léxicos admitidos en la época como *proprio* o *robre*. Asimismo, se ha mantenido el timbre de las vocales átonas –*invidió* o *distila*–, la simplificación de los grupos consonánticos –*colunas*– y la separación del artículo y la preposición –*a el* o *de el*–. También se ha seguido este criterio conservador en el caso de la oposición fonológica *s/x*, de manera que se edita, *explendor* o *estranjero*. Por último, se han mantenido las grafías sin modernizar en los casos en los que pudiera afectar a la métrica del verso.

En lo que se refiere a la anotación, debajo del aparato crítico, aparecen una serie de notas destinadas a facilitar la lectura del texto con breves indicaciones interpretativas, históricas, mitológicas o literarias. Las notas que se refieren al texto del testimonio *G* aparecen con el número de estrofa entre corchetes.

FÁBULA DEL SACRIFICIO DE IFIGENIA

de
Luis Verdejo Ladrón de Guevara

[Prólogo al lector][64]

LECTOR, ofrezco a tu curiosidad esta corta fatiga de mi genio; si el tuyo fuere poético, no dudo te hallaré favorable en su crisis; pero si acaso no lo fuere, asegúrate de que ningún sentimiento me causarán tus objeciones. No ignoro las muchas, que a mi *S. Pablo caído* puso tu escrupuloso dictamen; pero también sabes, que pues no las quisiste manifestar, no tuve obligación para procurarlas satisfacer. Allí, discurro, te pareció que la obra acababa intempestiva; que la erudición hacía escabroso su contexto; y finalmente, que su estilo, por afectado, quería parecer alto con los resabios de culto. A la primera te podrá servir de respuesta el leve trabajo de leer su epígrafe, donde hallarás solamente propuesta la caída de el Santo; con que siendo esto evidente, como bien sabes, no hay razón que me precise a escribir más de aquello que propuse: yo por lo menos no la hallo; si tú la encontrares, te la estimaré, con tal que no sea de aquellas que nacidas de la pasión persuasiones de un capricho mal teñido, se intentan prohijar al juicio. A la segunda, no sin gran repugnancia mía, me veo obligado, estimando más las instancias de la verdad que los visos de la modestia, a decirte con la ingenuidad de la primera; ¿por qué ha de ser culpa mía la que únicamente es ignorancia tuya? Mas si la erudición de cualquiera clase que sea, entre los hombres que algo saben se tiene por parte esencial de el poeta, ¿qué autoridad es la tuya para canonizar por error de una obra un constitutivo tan principal de ella? Bien conozco que la mayor porción de las poesías de este tiempo sale totalmente huérfana de estas buenas letras; pero tampoco ignoras el sumo desprecio con que los eruditos tratan este género de obras, pues el que más

---

64. Este prólogo al lector aparece, antecediendo a la *Fábula*, en los testimonios *V*, *AM* y *AS*, pero no en *G* ni en *S*.

alta graduación las ha querido atribuir, solo las ha dado el título de coplas de almohadilla, discreciones en verso y números de estrado. Los míos, tales cuales, jamás tendrán por fortuna la introdución en estos parajes, pues me consta que en ellos las más veces se suelen leer los versos más por entretenimiento de la conversación ociosa que por afición estudiosa del genio. En cuanto a la tercera, de que el estilo afecta ser alto con granjearse los créditos de culto, no solo no te lo puedo negar, sino que me es forzoso confesarte a gritos la vanidad que hago de estos intentos (concédote desde luego el que no los consigo), empero ni tu indigesta censura me podrá defraudar de la gloria de emprender la imitación de los más elevados espíritus, así de la antigüedad como de nuestro siglo. El solicitar la mayor cultura en el estilo es consejo y aún precepto de todos los padres de esta profesión, que señalando estilos a el orador, historiador y poeta, dejan a aquellos los que les parece más convenientes a la proporción de su clase, y encargan a este con severidad magistral el sumo; con que tengo por cierto que el error que en esto me imputas, será por no haberlo conseguido. Si esto es así, ya has oído la satisfación en las líneas superiores; si no, culpa desde luego a los imitados, que si esto justamente logras, estaremos satisfechos los imitadores, sin que en mí encuentren repulsa ni tus objeciones ni tus vituperios. A los que hasta aquí te he disimulado debajo del epíteto de culto, pronunciado con fruncimiento de labio, arrugas de entrecejo, tirantez de cejas y demás ademanes constitutivos del magisterio popular, no se me ofrece otra cosa que decirte más que la contraria voz al adjetivo con que me satirizas; por lo cual, pues somos los dos *ex diametro* opuestos, yo estoy de opinión de proseguir en mi cultura, para emplearme en obras mayores; y tú creo te continuarás eterno en tu rudeza para no entenderlas y para obtener mediante ella, por superflua merced del ignorante vulgo, el especiosamente vacío carácter de ingenio.

En esta *Fábula* verás el mismo estilo, la propria frase, la misma erudición y todo mi proprio espíritu; de que infiero que no he hecho mal en satisfacerte antes a las objeciones que me habías de poner después. No obstante, si en esta obrilla me tratares con alguna más benignidad, me esforzaré a poner a tu vista, cuanto antes, toda la vida de el Apóstol San Pablo, dividida en seis Romances; pues tu agradable acogida, será el único incentivo que me aliente, así a la perfección de esta obra como a el empleo en otras con que te solicito.

1

Yo que, un tiempo, de el Betis en la arena
iras lloré de amor que, en dulce anhelo,
siendo empeño felice de mi avena,
dieron silvestres glorias a su duelo,
cuando, atenta, escuchó su playa amena
el rústico disfraz de mi desvelo,
abultando en sus cóncavos ribazos
la imagen de mi voz, hecha pedazos;

2

yo que sólo hasta aquí, con rudo aliento,
solicité la bárbara armonía
del bajo albogue, que aduló del viento
la instable rapidez a la voz mía;
ahora, arrebatado a el alto acento
de la sonante lira, en mi osadía,
la Grecia canto, cuyos torpes ritos
a hermosuras borraron sus delitos.

[1]

Yo que, *a* un tiempo, del Betis en la arena
iras lloré de amor que, en dulce anhelo,
siendo empeño felice de mi avena,
dieron *rústicas* glorias a su duelo,
cuando, atenta, escuchó su playa amena
político el disfraz de mi desvelo,
abultando en sus cóncavos ribazos
la imagen de mi voz, hecha pedazos;

[2]

yo que sólo hasta aquí, con rudo aliento,
solicité la bárbara armonía
del bajo albogue, que aduló del viento
la instable rapidez a la voz mía;
ahora, arrebatado a el alto acento
de la sonante lira, en mi osadía,
la Grecia canto, cuyos torpes ritos
borraron a hermosuras sus delitos.

1f el rústico V S E   al rústico AS AM ‖ 2f mi osadía V AS AM E   la osadía S

1c *avena*: 'zampoña, instrumento musical rústico-pastoril similar a la flauta'. ‖ 1f *rústico disfraz*: el poeta finge adoptar el atuendo de un pastor para cantar sus penas. El *político disfraz* de G es un eco de Góngora. Aparece en las *Soledades* para describir al anciano mercader que se refugia en el monte ya que, por su etimología, el adjetivo evoca la cultura y la ciudad, de donde procede este personaje (Góngora, 2016: 271). No encaja bien con la situación que describe Verdejo, lo que explica el cambio por *rústico*. ‖ 1g *abultando*: 'repitiendo en eco'. ‖ 1h La estrofa parece aludir a una composición anterior de Verdejo, de tema amatorio y ambientación o coloración pastoril. Si efectivamente llegó a componerla, hoy no ha llegado hasta nosotros. ‖ 2b *solicité*: 'estimulé', 'hice sonar'. ‖ 2c *albogue*: 'instrumento musical, parecido a la flauta, generalmente de madera, caña o cuerno, propio de pastores o juglares'. El poeta, por tanto, habría cantado mientras tocaba el albogue, hecho que resulta imposible. Sin embargo, quizás no se trate de un error de Verdejo, pues se planteó una discusión similar en la polémica gongorina a raíz de la primera estrofa del *Polifemo* y la mención a la zampoña. Parece raro que un poeta como Verdejo, imbuido en las corrientes gongorinas, no estuviese al corriente de este debate, por lo que quizás, deberíamos entender estos versos como un recuerdo al poeta cordobés. ‖ 2g *torpes*: 'indecorosos', 'impíos'. ‖ 2h La estrofa alude al tópico de la rueda virgiliana, que divide en tres los estilos literarios en relación con los géneros: el humilde apropiado para el género pastoril (*Églogas*); el mediano, para la didáctica (*Geórgicas*); y el sublime, para la épica heroica (*Eneida*). Verdejo parece que ya ha compuesto una obra de tema pastoril (hoy desconocida), y una obra hagiográfica (*Romance a la caída de San Pablo*). Ahora pretende elevar su estilo con esta obra sublime y de tema trágico en la que muestra los efectos negativos de la religión pagana.

3

De el argivo rigor la ley severa
trágica empresa es, que en mi lamento,
de el plectro con la frase lastimera,
nuevas causas discurre al sentimiento.
Tú, soberana Euterpe, tú, modera
el destemplado son de mi instrumento,
porque, grave, a el sonar tan tristes pompas
exceda liras, emulando trompas.

4

Tú, fatídico honor de Aonia cumbre,
que en místico cristal su ardor derrama,
de mi pecho la humana pesadumbre
a el contacto, destierra, de tu llama;
que si libo feliz tu sabia lumbre,
no solo aspiraré a la docta rama
de la yedra tenaz: vendrá a mis sienes
todo el árbol Peneo, sin desdenes.

[3]

De el argivo rigor la ley *austera*
trágica empresa es, que en mi lamento,
del plectro con la frase lastimera,
aunque nueva causa a el sentimiento.
Tú, soberana Euterpe, tú, modera
el destemplado son de mi instrumento,
porque, grave, a el *gemir* tan tristes pompas
exceda liras, emulando trompas.

[4]

Tú, fatídico honor de Aonia cumbre,
que en místico cristal su ardor derrama,
de mi pecho la humana pesadumbre
a el contacto, destierra, de tu llama;
que si libo feliz tu sabia lumbre,
no solo aspiraré a la docta rama
de la yedra tenaz: vendrá a mis sienes
todo el árbol Peneo, sin desdenes.

3d al sentimiento V AS AM S   el sentimiento E ‖ 3h liras V AS AM E   letras S

3a *argivo*: 'originalmente, natural de Argos o la Argólide, pero por extensión designa al natural de la Grecia antigua' ‖ 3c *plectro*: 'especie de púa que sirve para pulsar las cuerdas de un instrumento'. ‖ 3e *Euterpe*: en la mitología griega, musa de la flauta y, por extensión, de la música. Su mención en el verso forma parte del tópico de invocación a las musas. Puede ser un eco gongorino, ya que esta musa aparece también en la invocación de *Las Soledades* y en la del *Panegírico al duque de Lerma*. Asimismo, y aunque existe cierta polémica sobre la transmisión textual del segundo verso del *Panegírico* –algunos editores optan por «tu dictamen, Euterpe, soberano» y otros por «tu dictamen, Euterpe soberana»–, Verdejo pudo haberlo tenido en cuenta durante la composición de esta estrofa. ‖ 3h La alusión a la *trompa* parece indicar que el poema adoptará un tono dolorido, en consonancia con el carácter trágico del tema que se va a tratar. La mención de estos instrumentos musicales –la avena, el albogue, la lira y la trompa– es una imitación del modelo gongorino del *Polifemo*. ‖ 4a *Aonia*: región de Grecia en la que están situadas las montañas Helicón y Citerón, consagradas, en la mitología griega, a las musas. El pasaje sigue refiriéndose a Euterpe. Verdejo concibe que el poeta nace predestinado, por ello habla del *fatídico honor*. ‖ 4h *árbol Peneo*: es el laurel, por ser Peneo, dios y río, el padre de Dafne. En la estrofa se contrapone la corona de yedra, como representativa de la poesía pastoril, a la de laurel, símbolo de la épica o, en sentido, amplio, de la poesía elevada.

5

En tanto vos, sagrada envidia bella
de la madre de Amor, que, vergonzosa,
en vuestra luz enciende cuanta estrella
los extremos del sol ilustra hermosa,
tal vez cuando cerúlea se querella
sobre el mar, de su ardor tumba espumosa,
o tal cuando, purpúrea en alegrías,
conductora es risueña de los días.

6

En tanto vos, de el cielo la más pura
bien nacida expresión, cuya belleza
de la causa mayor de la hermosura
bebió la inmensidad de su pureza;
de cuya luz se ausenta, no segura,
ciega en su perspicacia, mi torpeza,
bien que ingeniosa la alma en sus desmayos
se manda por mi fe con vuestros rayos.

7

Vos, angélica, en tanto, soberana,
usurpándoos a el ceño espacio breve,
atenta oíd la hoguera que, inhumana,
sepulcro fue voraz de un sol de nieve.
Áulica sinrazón de un rey profana
las piedades de un padre cuando, aleve,
le persuade dogmas en que, ufanos,
solo saben ser reyes los tiranos.

[5]

En tanto vos, sagrada envidia bella,
de la madre de Amor, que, vergonzosa,
en vuestra *hoz* enciende cuanta estrella
los estremos del sol ilustra hermosa,
tal vez cuando cerúlea se querella
sobre el mar, de su ardor tumba espumosa,
o tal cuando, purpúrea en alegrías,
conductora es risueña de los días.

[6]

En tanto vos, de el cielo la más pura
bien nacida expresión, cuya belleza
de la causa mayor de la hermosura
bebió la inmensidad de su pureza;
de cuya luz se ausenta, *mal* segura,
ciega en su perspicacia, mi torpeza,
bien que ingeniosa la alma en sus desmayos
se manda por mi fe con vuestros rayos.

[7]

Vos, angélica, en tanto, soberana,
íándoos a el ceño espacio breve,
atenta oíd la hoguera que, inhumana,
sepulcro fue voraz de un sol de nieve.
Áulica sinrazón de un rey profana
las piedades de un padre cuando, aleve,
le persuade dogmas en que, ufanos,
solo saben ser reyes los tiranos.

6c mayor V AS AM S   mejor E ‖ 6g la alma V AS AM   el alma S E ‖ 6h con vuestros rayos V
AS AM S   en vuestros labios E ‖ 7b el ceño V S E   el sueño AS AM

5b *sagrada envidia bella de la madre de Amor*: es un apelativo a la dedicataria del poema, a la que se
describe como fuente de la envidia de Afrodita, la diosa de la belleza y el amor en la mitología grecolatina, y madre de Eros. La identidad de la dedicataria se desconoce, aunque podría ser la duquesa de
Aveiro, la mujer del duque de Arcos, a quien Verdejo servía. En estos versos, aparecen dos alusiones
astronómicas: al lucero vespertino (vv. e-f) y al matutino (vv. g-h), ambos símbolos de Afrodita. ‖
[5 c hoz: puede ser una metáfora para aludir a la media luna, ya que el lucero vespertino solo se hace
visible cuando aparece. ‖ 5e *tal vez*: 'alguna vez'. ‖ 6h *se manda*: 'se mueve y ejecuta las funciones de
la naturaleza, sin impedimentos'. ‖ 7b *ceño*: 'preocupación'. ‖ 7d *sol de nieve*: se refiere a Ifigenia. ‖
7f *aleve*: 'alevoso'. ‖ 7g *ufanos*: 'que procede con resolución'.

8

Vos, escuchad mi canto, pues ociosa
atendisteis, tal vez, su melodía.
No aquella que mi pena lastimosa
lloró en la infante luz de infeliz día;
aquella, sí, que, en hora más dichosa,
cantó de extraño mal la rebeldía,
con que, para encontrar vuestros oídos,
mentí ajeno dolor en mis gemidos.

9

Atended, si ya el bosque peregrina
no os ve, de el patrio río en la ribera,
templar vuestras fatigas, cual divina
montañesa amazona de su esfera;
el río, cuya estancia cristalina
deidad en vuestro ardor tanta venera,
que os creyeron sus márgenes devotas
faretrado explendor del casto Eurotas.

10

Atended, si ya ocioso vuestro enfado
consiente que, en las treguas de el desvío,
os halle de mi plectro mal templado
el triste, si canoro, desvarío.
Dolor canto estranjero, lastimado
de infelice beldad, que a el hado impío
madrugó la impiedad; dejad temores:
tragedias canto, pero no de amores.

[8]

Vos, escuchad mi canto, pues ociosa
atendisteis, tal vez, su melodía.
No aquella que mi pena lastimosa
lloró en la infante luz de infeliz día;
aquella, sí, que, en hora más dichosa,
cantó de estraño mal *de* rebeldía,
con que, para encontrar vuestros oídos,
mentí ajeno dolor en mis gemidos.

[9]

Atended, si ya el bosque peregrina
no os ve, de el patrio río en la ribera,
templar vuestras fatigas, cual divina
montañesa amazona de su esfera;
el río, cuya estancia cristalina
deidad en vuestro ardor tanta venera,
que os creyeron sus márgenes devotas
faretrado explendor del casto Eurotas.

[10]

Atended, si ya ocioso vuestro enfado
consiente que, en las treguas de el desvío,
os halle de mi plectro mal templado
el triste, si canoro, desvarío.
Dolor canto estranjero, lastimado
de infelice beldad, que a el hado impío
madrugó la impiedad; dejad temores:
tragedias *lloro*, pero no de amores.

8b atendisteis V AS AM E   atendiste S || 9f deidad en vuestro ardor tanta V AS S E   tanta deidad en vuestro ardor AM

8h En esta estrofa parece referirse, otra vez, al poema pastoril (lo que indicaría que, en efecto, lo escribió). Tiene buen cuidado de advertir que el amor allí expresado no era suyo sino de otro, quizás, el del marido de la dedicataria. || 9d *montañesa*: 'rústica'. || 9g *devotas*: 'que mueve a devoción'. || 9h *faretrado*: italianismo de *pharetra*. 'Que lleva flechas en la aljaba'. || 9h *casto Eurotas*: río del Peloponeso que pasa por Esparta. Era uno de los lugares en los que se bañaba Ártemis, de quien toma el adjetivo *casto*. En esta estrofa la dedicataria está descansando de una cacería, junto a un río, cuyas márgenes, gracias a la viveza de ánimo de la dedicataria (*en vuestro ardor*), la veneran como a una deidad, como a una nueva Ártemis cazadora (*faretrado esplendor del casto Eurotas*). || 10a *enfado*: 'afán, apuro'. || 10d *canoro*: 'melodioso' || 10f *de infelice beldad*: la preposición tiene valor agente. || 10h Verdejo le pide a su dedicataria, siguiendo el tópico literario, que escuche, en este momento de descanso, su poema sobre el destino trágico de la joven, Ifigenia, cuya vida se vio truncada demasiado pronto por culpa del destino impío.

11

Donde el Egeo mar, siempre ambicioso,
desenlaza del vasto continente
breve porción de tierra, para hermoso
náufrago sobrecejo de su frente;
isla que, inmóvil Ícaro frondoso,
a el vidro que le acoge, transparente,
nombre impuso, que en líquidos anales
acuerdan de la Eubea los cristales.

12

Allí, donde de Tetis, a la impía
sucesiva hinchazón el golfo incierto
la plancha desató con que se unía
el arenoso buque a el firme puerto,
cedió el bronco alamar, con que algún día,
divorciando el azul veloz desierto,
la bisagra mordaz de opuestos montes
abrochaba sus verdes horizontes.

13

Allí, pues, yace Áulide, que, engreída,
con el robusto agravio de su planta,
irrita cuanta saña encanecida
de dos mares le encrespa la garganta;
el Euripo, que, sierpe comprimida,
con espumoso labio se adelanta
a morder, en la edad de un sol apenas,
siete veces su huella a las arenas.

[11]

Donde el Egeo mar, siempre ambicioso,
desenlaza del vasto continente
breve porción de tierra, para hermoso
náufrago sobrecejo de su frente;
isla que, inmóvil Ícaro frondoso,
a el vidro que le acoge, transparente,
nombre impuso, que en líquidos anales
acuerdan de la Eubea los cristales.

[12]

Allí, pues, yace *Áulide*, engreída,
con el robusto agravio de su planta,
irrita cuanta saña *enfurecida*
de dos mares le encrespa la garganta;
el Euripo, que, sierpe comprimida,
con espumoso labio se adelanta
a morder, en la edad de un sol apenas,
siete veces su huella a las arenas.

11f a el vidro V   que al vidro AS AM   al vidrio S E || 11f le acoge V AS AM S   lo acoge E || 12b
golfo V AS AM S   golpe E || 13c saña V S E   hazaña AS AM

11a *ambicioso*: 'que se abraza con tenacidad a los árboles u objetos'. || 11h *Eubea*: isla costera de Grecia que se sitúa en el mar Egeo frente de la costa este de la Grecia continental. || 11h En esta estrofa, empieza la descripción geográfica del emplazamiento en el que va a tener lugar el poema. Comienza con la isla de Eubea, *la breve porción de tierra*, que el mar Egeo *desenlaza* del continente, para que parezca el ceño de la costa (debido a su forma alargada y la cercanía entre ambas). En la segunda parte de la octava, se dice que esta isla le otorgó su nombre al mar en el que se encuentra (golfo de Eubea). || 12a *Tetis*: en la mitología griega, es una nereida, una divinidad marina. || 12c *plancha*: 'tabla que se coloca entre la tierra y una embarcación'. || 12e *alamar*: 'especie de ligadura que se cose en los extremos de los vestidos o capas'. En este verso tiene un valor metafórico y se refiere a la tierra que solía unir a la isla de Eubea con el continente. || 13a *Áulide*: ciudad griega de Beocia donde tradicionalmente se ubica el sacrificio de Ifigenia. || 13d *dos mares*: se refiere al mar Egeo y al mar Mediterráneo. || 13e *Euripo*: canal que separa la isla de Eubea de la península de Beocia. Está sujeto a fuertes mareas que cambian, cuatro veces al día, su curso.

14

Para susto de el cielo, se dirige,
de Juno por los golfos, la membruda
altivez de sus torres, con que aflige
la orilla que a los astros más se anuda;
riscos organizando, tanto erige
la rebelde cerviz, que allá, sin duda,
se cairelan sus altos homenajes
del Fénix de la luz con los plumajes.

15

Perlas calzada el pie, si la cimera
huéspeda de los astros se ve ufana
engazar, corpulenta, con la esfera
el globo undoso de la espuma cana,
vasto, después, Narciso, la altanera
suspensión de su pompa arroja vana
a el espejo fugaz, que en vidros puros
le argenta el simulacro de sus muros.

16

Por su ameno horizonte se dilata,
de flexible esmeralda coronado,
vagaroso el Ismeno, cuya plata
arteria de cristal late en su prado.
Arteria, que del río en sí desata
la undosa vida a el mar, que, arrebatado,
a heredar sus espumas tantas veces
a el margen se rebela en sus preñeces.

[13]

Para susto de el cielo, se dirige,
de Juno por los golfos, la membruda
altivez de sus torres, con que aflige
la orilla que a los astros más se anuda;
organizando riscos, tanto erige
la rebelde cerviz, que allá, sin duda,
se cairelan sus altos homenajes
del Fénix de la luz con los plumajes.

[14]

Perlas calzada el pie, si la cimera
huéspeda de los *mobles* se ve ufana
engarzar, corpulenta, con la esfera
el globo undoso de *su* espuma cana,
vasto, después, Narciso, la altanera
suspensión de su pompa arroja vana
a el espejo fugaz, que en vidros puros
le argenta el simulacro de sus muros.

[15]

Por su ameno horizonte se dilata,
de flexible esmeralda coronado,
vagoroso el Ismeno, cuya plata
arteria de cristal late en su prado.
Arteria, que del río en sí desata
la undosa vida a el mar, que, arrebatado,
a heredar sus espumas tantas veces
a el margen se *releva* en sus preñeces.

15c engazar V E   engarzar AS S   en gozar AM ‖ 15d globo undoso V AS AM E   golfo ondoso S ‖ 15g vidros V AS AM   vidrios ‖ 16f a el mar V S E   el mar AS AM ‖ 16c su prado V AS AM S   el prado E ‖ 16h se rebela en V AS AM   le revela S E

14g *se cairelan*: 'guarnecer la ropa con caireles, un tipo de guarnición a modo de fleco'. Góngora utiliza el mismo verbo en las *Soledades* (2016: 343). ‖ 14h *Fénix de la luz*: 'sol'. En esta estrofa, Verdejo describe las torres de la ciudad de Áulide, que son tan altas que asustan al mismo cielo y que adornan a modo de flecos al sol. ‖ 15a *Perlas calzada el pie*: acusativo griego. ‖ 15a *cimera*: 'situado en la cima o en la parte más alta o destacada de algo'. ‖ 15c *engazar*: 'encajar una cosa en otra'. ‖ 15g *vidros*: latinismo. 'Vidrio'. ‖ 15h *argenta*: es un verbo recurrente en la poesía gongorina ‖ 15h Esta estrofa sigue describiendo la ciudad. Áulide se siente ufana de unir la esfera celestial (a la que sus torres llegan, como dijo en la octava anterior) con la esfera marina que baña sus cimientos. En la segunda parte, Áulide, como un nuevo Narciso, mira su propio reflejo en las aguas del mar. ‖ 16b *flexible esmeralda*: hace referencia a los juncos que crecen en sus márgenes. ‖ 16c *Ismeno*: río de la región de Beocia. ‖ 16e *desata*: 'disuelve'. ‖ 16g *sus espumas*: las espumas del Ismeno.

17

No esta vez disfrazándose violento,
con dirceo rubor a el ponto llega,
vasallo de carmín, que vidas ciento
en tributarias púrpuras le entrega;
cual ya la que, sorbiendo turbulento
discordes almas en su furia ciega,
cadáveres corrió, que fueron fríos,
heladas urnas de calientes ríos.

18

No soberbio esta vez, no lastimoso,
despeña torbellinos que conspira
a vengar infeliz joven hermoso,
de quien si cuna fue, también fue pira.
Mas ¡ay!, que a el ver dolor más horroroso
de alta superstición que a ley aspira,
ni crece tempestades, ni dolientes
se asustan en carámbanos sus fuentes.

19

Así, rico de aljófar estranjero,
el mar besa su muro, que eminente
Olimpo artificial huella el severo,
orgulloso furor de su tridente;
reprimido su enojo, brama fiero
contra el freno, que tasca inobediente,
sirviéndole a su cólera de bocas
el cóncavo azotado de las rocas.

[16]

No esta vez disfrazándose violento,
con *dircreo* rubor a el ponto llega,
vasallo de carmín, que vidas ciento
en tributarias púrpuras le entrega;
cual ya la que, sorbiendo turbulento
discordes almas en su furia ciega,
cadáveres corrió, que fueron fríos,
heladas urnas de calientes ríos.

[17]

No soberbio esta vez, no lastimoso,
despeña torbellinos que conspira
a vengar infeliz joven hermoso,
de quien si cuna fue, también fue pira.
Mas ¡ay!, que a el ver dolor más horroroso
de alta superstición que a ley aspira,
ni crece tempestades, ni dolientes
se ausentan en carámbanos sus fuentes.

[18]

Así, rico de aljófar estranjero,
el mar besa su muro, que eminente
Olimpio artificial huella el severo,
orgulloso furor de su tridente;
con soberbia su enojo, brama fiero
contra el freno, que tasca inobediente,
sirviéndole a su cólera de bocas
el cóncavo azotado de las rocas.

17e la que V AS AM S   las que E || 18b despeña torbellinos V AS AM S   dispensa un torbellino
E || 18g crece V S E   cree AS AM || 18h asustan V AS AM S   ajustan E || 18h sus fuentes V
AS AM E   las fuentes S

17b *dirceo*: 'tebano'. || 17b *ponto*: 'mar'. || 17d *púrpuras*: metáfora cultista por sangre, la de los
animales que mata el río al estar de crecida. || 17h *heladas urnas de calientes ríos*: se refiere a los ca-
racoles cuya sangre circula como *calientes ríos* dentro de sus cuerpos, las *heladas urnas*. || 18c *infeliz
joven hermoso*: Paris, príncipe troyano que se llevó a Helena, la esposa de Menelao (hermano de Aga-
menón). Este evento fue el que provocó la guerra de Troya. || 18e *el ver dolor más horroroso*: prolepsis
del sacrificio de Ifigenia. || 19h El mar toca los muros de Áulide, que, como un Olimpo artificial, se
impone sobre el agua. El mar se asemeja a un caballo en la segunda parte de la octava, al erosionar
las rocas, como los caballos tascan el freno. La imagen del caballo que tasca el freno recuerda a las
primeras estrofas del *Polifemo* || [18]c *Olimpio*: Probablemente se trate de un error de copia.

20

Pacífica estación, en el corvo seno,
ofrece la ribera a el peregrino,
cuyo intento creyó a el infiel terreno,
su pesada ambición en leve pino;
descansan en su piélago sereno
del proceloso invierno cristalino
aves breadas mil, siendo a sus quillas
alcándaras de arena las orillas.

21

Aquí, en seguro asilo refugiada
de la errante política del viento,
a las ondas se hurtó la flota airada,
si de Frigia terror, de Grecia aliento;
de la inquietud de el Bóreas perdonada,
hecha paz con el remo, su ardimiento
fiaba para alivio de sus naves,
los buques leves de las anclas graves.

22

Era el amor de tanto armado leño
suprema causa que sagaz movía
contra el Janto, con ciego ardiente empeño,
de la estirpe de Atreo la osadía.
Partícipe en la ofensa de su dueño,
el vasto imperio se alistó a porfía
debajo de su nombre, en cuyas glorias
concibió su venganza las victorias.

[19]

Pacífica estación, en corvo seno,
ofrece la ribera a el peregrino,
cuyo intento creyó a el infiel terreno
su pesada ambición en leve pino;
descansan en su piélago sereno
del proceloso invierno cristalino
naves breadas mil, siendo a sus quillas
alcándaras de arena las orillas.

[20]

Aquí, en seguro asilo refugiada
de la errante política del viento,
a las ondas se hurtó la flota airada,
si de Frigia terror, de Grecia aliento;
de la inquietud de el Bóreas perdonada,
hecha paz con el remo, su ardimiento
fiaba para alivio de sus naves,
los buques leves de las anclas graves.

[21]

Era el amor de tanto armado leño
suprema causa que sagaz movía
contra el Janto, *veloz con ciego* empeño,
de la estirpe de Atreo la osadía.
Partícipe en la ofensa de su dueño,
el vasto imperio se alistó a porfía
debajo de su nombre, en cuyas glorias
concibió su venganza las victorias.

20a en el corvo V AM   en corvo AS S E ‖ 20c creyó V AS AM S   confió E ‖ 21c ondas V AS AM S   anclas E ‖ 21d terror V AS AM E   temor S ‖ 21g naves V AS AM S   males E ‖ 22e Partícipe en la ofensa de su dueño V AS AM E   no incluye este verso S ‖ 22f imperio V AS AM S   emporio E ‖ 22g en cuyas V AS AM S   a cuyas E ‖ 22h su venganza V AS AM   la venganza S E

20f *proceloso*: 'tormentoso'. ‖ 20g *aves breadas*: metafóricamente, son las naves. En el testimonio G [19]g hay un error de copia, y en lugar de *aves*, aparece *naves* ‖ 20h *alcándara*: 'varal o percha donde se posaban las aves de cetrería'. Verdejo continúa con la metáfora y presenta la orilla como una *alcándara* sobre la que se posan las *aves breadas* de los barcos. Góngora fue uno de los primeros autores en emplear este término de cetrería en poesía. ‖ 21d *Frigia*: originalmente, antigua región de Asia menor, pero en estos versos se refiere a Troya. Las tropas griegas se están preparando para zarpar de Áulide contra Troya. ‖ 21e *Bóreas*: En la mitología griega, dios del viento del Norte. ‖ 21e *perdonada*: latinismo semántico. 'Viéndose libre o exenta'. ‖ 22c *Janto*: otro de los nombres del río Escamandro que discurría junto a Troya. Se llamaba Janto («el rojo») por el color de sus aguas. ‖ 22d *Atreo*: Del linaje de los Atridas, del que forman parte Agamenón y sus hijos.

23

Altamente en sus iras vive impreso
del perjuro garzón el nombre odioso,
cuyo hospedaje infiel, con dulce exceso,
robó a la incauta Amiclas su reposo;
premio, si bien fatal, de aquel congreso
donde Amor le invidió majestuoso,
togado montaraz, en cuyos labios
bebió la deidad rea sus agravios.

24

No solo la deidad, aun la hermosura
escuchó su desmayo en el desprecio,
con que infeliz el árbitro asegura
su dicha en el reñido menosprecio;
amante que, obstinado en su locura,
de su esperanza sola oyó el aprecio,
a el disolver con ansias amorosas
la sedición brillante de las diosas.

25

De el ofendido esposo la venganza
crece segunda Grecia, que volante
desmienta, con sus proas, la tardanza
interpuesta del fluido diamante;
con el viento impaciente su esperanza,
los céfiros se finge vigilante,
para hallar, por el istmo de sus hayas,
las que le esconde el mar Sigeas playas.

[22]

Altamente en sus iras vive impreso
del perjuro garzón el nombre odioso,
cuyo hospedaje infiel, con dulce exceso,
robó a la incauta Amiclas su reposo;
premio, si bien fatal, de aquel congreso
donde Amor le envidió majestuoso,
togado montaraz, en cuyos labios
bebió la deidad rea sus agravios.

[23]

No solo la deidad, aun la hermosura
escuchó su desmayo en el desprecio,
con que infeliz el árbitro asegura
su dicha en el reñido menosprecio;
amante que, obstinado en su locura,
de su esperanza sola oyó el aprecio,
a el disolver con ansias amorosas
la sedición brillante de las diosas.

[24]

De el ofendido esposo la venganza
crece segunda Grecia, que volante
desmienta, con sus proas, la tardanza
interpuesta del fluido diamante;
con el viento impaciente su esperanza,
los céfiros se finge vigilante,
para hallar, por el istmo de sus hayas,
las que le esconde el mar Sigeas playas.

23d incauta V AS S E   infausta AM || 24b el desprecio V AS AM   su desprecio S E || 24c árbitro V AM S E   abrito AS || 24d reñido V AS AM   rendido S E || 24f su esperanza V AS AM   la esperanza S E || 25g por el V AS AM   en el S E

23b *Perjuro garzón*: Paris. || 23d *Amiclas*: héroe epónimo de una ciudad de la región de Lacedemonia (donde también se encontraba Esparta). En estos versos puede hacer referencia a la Lacedemonia en su conjunto y a lo que supuso para sus habitantes el secuestro de Helena. || 23h En esta estrofa y en la dos siguientes se explican las causas de la guerra de Troya. Paris fue el juez en la discusión entre Hera, Afrodita y Atenea sobre quién era la más hermosa. Afrodita le prometió a la mujer más bella, Helena, si la proclamaba ganadora y Paris aceptó. Hera, *la deidad rea*, se enfadó por el resultado e intercedió a favor de los griegos en la guerra contra Troya. || 24c *árbitro*: latinismo. 'Juez árbitro'. Es un término muy extendido entre los poetas cultos. Aparece tanto en el *Polifemo* como en las *Soledades*. || 25a *el ofendido esposo*: Menelao, el marido de Helena y hermano de Agamenón. || 25b *crece*: en este caso es transitivo. || 25h *Sigeas playas*: Sigeo es un promontorio de la Tróade donde, según Estrabón, los griegos fondearon sus barcos cuando atacaron Troya.

26

Nuevo instable archipiélago abortaba
sobre su esfera Doris procelosa,
donde con islas leves arrugaba
la tez inmensa de su frente undosa;
ronca del grave peso, se quejaba
su paciencia a bramidos, espumosa,
acusando con cándidos estremos
si sus quillas tal vez, tal vez sus remos.

27

Del claro pavimento mal seguro,
en árboles desnudos, se descuella
umbrosa selva, que de el aire puro
las líquidas clausuras atropella;
del légamo viscoso a el centro obscuro,
a pesar de la espuma que lo sella,
los cáñamos descienden a ser, broncos,
infecunda raíz de yertos troncos.

28

Por el sublime tope, errante, pende
trémula primavera, que, lucida
en destrenzadas púrpuras, enciende
volante hoguera de coral tejida.
Entre el rojo vergel que se desprende
de las gavias, con llama repetida,
en bullicios serpean, desiguales,
relámpagos de seda los cendales.

[25]

Nuevo instable archipiélago abortaba
sobre su esfera Doris procelosa,
donde con islas leves arrugaba
la tez inmensa de su frente undosa;
ronca del grave peso, se quejaba
su paciencia a bramidos, espumosa,
acusando con cándidos estremos
si sus quillas *tal vez* sus remos.

[26]

De claro pavimento *no* seguro,
en árboles desnudos, se descuella
umbrosa selva, que del aire puro
las líquidas clausuras atropella;
del lígamo viscoso a el centro obscuro,
a pesar de la espuma que lo sella,
los cáñamos *se calan* a ser, broncos,
infecunda raíz de yertos troncos.

[27]

Por el sublime tope, errante, pende
trémula primavera, que, lucida
en *descogidas* púrpuras, enciende
volante hoguera de coral tejida.
Entre el *vergel que rojo* se desprende
de *la gavia*, con llama repetida,
en bullicios serpean, desiguales,
relámpagos de seda los cendales.

26c leves V AS AM E   breves S || 27f lo sella V AS AM   le sella S   los sella E || 28c enciende
V AS AM E   se enciende S || 28g bullicios V AS AM E   bulliciosos S

26b *Doris*: En la mitología griega, hija de Océano y esposa de Nereo, madre de las nereidas. ||
[25] verso hipométrico. Probablemente, falta un *tal vez*, como se lee en 26h || 27e *légamo*: 'el lodo
pegajoso que dejan las aguas de los ríos y el mar'. || 27g *los cáñamos*: se refiere a los remos que son la
infecunda raíz de los barcos, *yertos troncos*. || [26]g *se calan*: 'descienden'. Este empleo del verbo *calar*
es típicamente gongorino. || 28a *tope*: término de marinería. 'Extremo de cada uno de los mástiles y
palos'. || 28f *gavias*: 'velas que se colocan en los masteleros mayor y de proa de una nave'. || 28h *cen-
dales*: 'tela muy delgada y transparente', en este verso se refiere a las velas.

29

Surto, el marino ejército a el olvido
se entrega de las ondas; el remero,
absuelto de el afán, bebe, rendido,
las perezas del ocio lisonjero;
el lino, que de el viento compelido,
hidrópico del soplo más ligero,
ráfagas concibió, duerme faenas
en la rugosa unión de las entenas.

30

Recata, entre su número suspensa,
el ancho seno de su campo leve
la salada región, que abriga, densa,
en pueblos de zafir vulgos de nieve.
Qué mucho si de leños a la inmensa
pesadumbre que el viento apenas mueve,
se admiró, con nadantes arcabucos,
continente veloz deshecho en bucos.

31

Manchado así de tierras, se divisa
el estanque oriental, a donde llora
las congeladas luces de su risa,
entre sedientos nácares, la Aurora;
el estanque que, cielo en su tez lisa,
engastó de esmeraldas, nadadora
silvosa población, con que islas bellas
le salpican a ser verdes estrellas.

[28]

Surto, el marino ejército a el olvido
se entrega de las ondas; el remero,
absuelto de *su* afán, bebe, rendido,
las perezas del ocio lisonjero;
el lino, que de el viento compelido,
avariento del soplo más ligero,
ráfagas concibió, duerme faenas
en la rugosa unión de las entenas.

[29]

Recata, entre su número suspensa,
el ancho seno de su campo leve
la salada región, que abriga, densa,
en pueblos de zafir vulgos de nieve.
Qué mucho si de leños a la inmensa
pesadumbre que el viento apenas mueve,
   se admiró, con nadantes arcabucos,
continente veloz deshecho en bucos.

[30]

Manchado así de tierras, se divisa
el estanque oriental, a donde llora
endurecida en luz, su tierna risa,
sobre istriados nácares, la Aurora;
el piélago que, cielo en su tez lisa,
engasta de esmeraldas, nadadora
silvosa población, con que islas bellas
se derraman en él a ser estrellas.

29b ondas V AS AM S   anclas E || 29f soplo V AS AM E   viento S || 31a tierras V AS AM S   tie-
rra E || 31g silvosa V AS AM S   vistosa E || 31g con que islas V S E   que islas AS   que en islas AM

29a *Surto*: 'fondeado'. || 29f *hidrópico*: 'sediento en exceso'. Término gongorino; aparece en las *Sole-
dades* (2016: 221). || 29h *entenas*: 'varas encorvadas que aseguran la vela latina en las embarcaciones'.
|| 30d *zafir*: zafiro. Piedra preciosa de color azul. Este verso se refiere a los peces que pueblan el mar.
El sintagma *en pueblos de zafir* es un eco al gongorino *en campos de zafiro* de las *Soledades* (2016: 197).
|| 30g *arcabucos*: 'monte lleno de maleza y broza'. || 30h *bucos*: 'concavidad que, a veces, puede hacer
referencia a la nave en su conjunto'. || 31b *el estanque oriental*: podría referirse al estrecho de Euripo.
|| 31c *las congeladas luces de su risa*: perlas. || 31h La estrofa describe el estanque, que, en su quietud,
refleja el cielo. Sobre el agua, hay pequeñas plantas que dan la impresión de ser nuevas estrellas en
el firmamento.

32

En tanto, de venablos que, luciente,
el yerro coronó de horror bruñido,
murado, Agamenón invade ardiente
el bosque de la luz más retraído;
del valle a el monte, inunda de su gente
el venatorio afán, que, repetido,
sembró a el aire con huestes enemigas,
en fresno mieses, en acero espigas.

33

No la selva, del tiempo respetada,
acogió en la piedad de su maleza
fiera que, de los canes perdonada,
no tribute a su abeto su fiereza;
el bruto de la Arcadia, que asustada
con sus estragos tuvo la aspereza,
eclipsa, entre sus astas importunas,
el ebúrneo volcán de sus dos lunas.

34

No a el Euro de la sierra, que ligero
en el ganchoso archivo de su vida
los años registró, con el parlero
guarismo de su edad endurecida;
no del secuaz impulso de su acero
le indulta la ilusión desvanecida
de su no visto pie, pues sus saetas,
con plumado disfraz, vuelan cometas.

[31]

En tanto, de venablos que, luciente,
el yerro coronó de horror bruñido,
murado, Agamenón invade ardiente
el bosque de la luz mas retraído;
del valle a el monte, inunda de su gente
el venatorio afán, que, repetido,
brotó a el aire con huestes enemigas,
en fresno mieses, en acero espigas.

[32]

No la selva, del tiempo respetada,
acogió en la piedad de su maleza
fiera que, de los canes perdonada,
no tribute a su abeto su *braveza;*
el de Erimanto bruto, que asustada
tuvo con sus estragos la aspereza,
eclipsa, entre sus astas importunas,
el *ebúrneo* volcán de sus dos lunas.

[33]

No *el* Euro de la sierra, que ligero
en el ganchoso archivo de su vida
sus años registró, con el parlero
guarismo de su edad endurecida;
del impulso secuaz no de su acero,
le indulta la ilusión desvanecida
de su no visto pie, pues sus saetas,
vistieron plumas, a volar cometas.

32g a el aire V AS AM E   el aire S ‖ 33h burneo V   ebúrneo AS AM S E ‖ 34a a el Euro V S   el Euro AS AM E ‖ 34a la sierra V AS AM S   las fieras E

32c *murado:* se refiere al bosque. Los cotos sagrados solían estar vallados. ‖ 32h *mieses:* metafóricamente, son las flechas. ‖ 33e *el bruto de la Arcadia:* se refiere al jabalí de Calidón. En [32]e se puede leer *el de Erimanto bruto,* nombre de uno de los montes de la Arcadia, donde la tradición situaba al animal. ‖ 33d *abeto:* en este verso se refiere a las flechas. ‖ 33h *burneo:* parece un error de copia por [33]h *ebúrneo:* 'marfileño'. El verso hace referencia a los colmillos del jabalí. Para que el verso no sea hipermétrico, hay que leer la palabra con sinéresis. ‖ 34a *Euro de la sierra:* ciervo. ‖ 34b *ganchoso:* 'lo que tiene ganchos o cuernos'. ‖ [33]h *a volar:* puede ser un error de copia por *al volar.*

35

Divertido no ya, forzó indevoto
de Cintia, con infame irreverencia,
la sagrada mansión, siendo su coto
tirana ociosidad de su insolencia;
la deidad profanó del sacro soto,
a donde, de las ninfas, la frecuencia
sellaba, de su rito, para indicios,
las reses que morían sacrificios.

[34]

Divertido no ya, forzó indevoto
de Cintia, con *nefanda* irreverencia,
la sagrada mansión, siendo su coto
tirana ociosidad de su insolencia;
la profanó deidad del sacro soto,
a donde, de *sus* ninfas, la frecuencia
de su rito, se lleva, para indicios,
las reses que morían sacrificios.

[35]*

Por su edad de los meses estudioso,
quince veces feliz se repetía
el siempre más galán cediendo hermoso,
toda, en su juventud, su bizarría;
ya inculto, a su pereza vergonzoso,
el ático garzón la prevenía
a el afán de suavísimas tareas
el número individuo de sus teas.

[36]

El concurso, tal vez creciendo esquivo
a el numen que hoy padece consagrado
del vulgo de los bosques, fugitivo,
el abrigo inquieto mas retirado;
de la selva su arpón intempestivo,
meteoro sin luz predijo, airado,
estragos en su rapto que, fatales,
adornaron de muerte sus umbrales.

35a Divertido no ya V AS S E   No divertido ya AM ‖ 35e sacro V AS AM   santo S E ‖ 35g rito
V AM S E   tiro AS
* Estrofas reordenadas según lo expuesto en los criterios de edición.

35a *divertido*: 'distraído'. ‖ 35b *Cintia*: Ártemis. Era uno de sus epítetos por haber nacido en Cinthos
uno de los nombres de la isla de Delos. ‖ [34]g *se lleva*: puede ser un error de copia por *sellaba*, como
aparece en 35g. ‖ [35]a *estudioso*: 'solícito, diligente'. ‖ [35]f *el ático garzón*: podría referirse a Hipó-
lito. ‖ [35]h *individuo*: 'propio'. ‖ [36]a *concurso*: 'gran número de gente'. ‖ [36]g *rapto*: 'arrebato'.
‖ [36]h La estrofa describe cómo la partida de caza va creciendo sin que la diosa Ártemis se percate.

[37]

Contra el viento, tal vez del viento armada,
sus ámbitos peinó, dando su aliento,
en poca libertad aprisionada,
mucha libre prisión a todo el viento;
de su guante a la esfera fulminada
nube vuela rapaz cuyo ardimiento
vertiendo en su región torpes desmayos,
cascabeles tronó, descogió rayos.

[38]

Ya en el canto del ocio que, aplaudido,
en los aquestos lares se alienta,
dulce se refugió siendo su oído,
monte moderador de lo que alienta;
el oro cuando en hebras afligido
de su mano la herida sonó atenta
tanto el viento adormece que son, graves,
pedazos de su sueño, absortas aves.

36

El misterioso bosque, a su fatiga
despoblado de vidas, de horror lleno,
sintió cuantas la cólera enemiga
almas vertió purpúreas por su seno.
Si el curso fugitivo las abriga
contra el teñido arpón de su veneno,
muertes revela el valle, que, en cautelas,
recató el laberinto de sus telas.

[39]

El misterioso bosque, a su fatiga
despoblados de vidas, de horror lleno,
sintió cuantas *su* cólera enemiga
almas *perdió* purpúreas por su seno.
Si *fugitivo el curso* las abriga
contra el teñido arpón de su veneno,
muertes revela el valle, que, en cautelas,
escondió el laberinto de sus telas.

37

No alienta sauce el sitio cuyo tronco
memorias no colore de su llanto,
con el bruto livor, que aún mancha bronco
a el numen tutelar del valle santo;
de el travieso arroyuelo, que fue ronco
pájaro de cristal, mudo el quebranto,
desnudando su nieve, en sus raudales
carmines murmuró, peinó corales.

[40]

Sauce no alienta el sitio cuyo tronco
memorias no colore de su llanto,
con el bruto *matiz*, que aún mancha bronco
a el numen tutelar del valle santo;
de el travieso arroyuelo, que fue ronco
pájaro de cristal, mudo el quebranto,
deponiendo su nieve, en sus raudales
carmines murmuró, peinó corales.

37d a el numen tutelar del valle V S E   del numen tutelar el valle AS AM

[37]b *sus ámbitos peinó*: es una metáfora tomada de Góngora. En esta escena de cetrería, las aves rastrean minuciosamente la zona. || [37]h las aves, tras ser liberadas por los cetreros, dan caza al resto de animales. || 36a *fatiga*: 'angustia, dolor'. || 36h *recató*: 'ocultó'. || 36h *telas*: las velas de los barcos. || [39]b *despoblados*: probablemente sea un error de copia por *despoblado*.

38

No descollado risco a el viento crece,
en rebelde excepción de su llanura,
cuya planta, ya jaspe, no enrojece
con silvestre arrebol su estampadura.
Entre el mortal estrago se entristece
el terreno feraz, pues de su impura
desangrada estación, en los excesos,
los verdores caducan con los huesos.

39

Aún de su gran deidad, con saña activa,
sacrílego, a infamar pasó el imperio,
contra la edad gravando fugitiva
en sus troncos el torpe vituperio;
padrón de su memoria vengativa,
ofendido, se erige el hemisferio
creciéndole a el carácter sus fierezas
de el bronce vegetal en las cortezas.

40

A ser molesto horror, el bosque triste,
de el acaso a el perdido caminante,
en señas formidables que se viste,
inclina melancólico el semblante;
estrenando terror, la muerte asiste
a el sangriento distrito, que ignorante
cómplice de sus lástimas crüeles,
de testas se adornó, se armó de pieles.

41

De más alto despecho conducido,
a la injuria mayor del numen luego
su enojo transcendió, que enfurecido,
dos veces en su error se obstinó ciego.
La deidad ultrajada, envilecido
el albergue feliz de su sosiego,
lloraron de su dueño, en rotos cultos,
investirse de leyes los insultos.

[41]

Risco no descollado a el viento crece,
en rebelde excepción de su llanura,
cuya planta, ya jaspe, no enrojece
con silvestre arrebol su estampadura.
Entre el mortal estrago se entristece
el terreno feraz, pues de su impura
desangrada estación, en los excesos,
caducan los verdores con los huesos.

[42]

Aún de su gran deidad, con saña activa,
sacrílego, a *ofender* pasó el imperio,
contra la edad gravando fugitiva
en sus troncos el torpe vituperio;
padrón de su memoria vengativa,
se erige, involuntario, el hemisferio
creciéndole a el carácter sus fierezas
de el bronce vegetal en las cortezas.

[43]

A ser molesto horror, el bosque triste,
de el acaso a el perdido caminante,
en señas formidables que se viste,
melancólico inclina el semblante;
estrenando terror, la muerte asiste
a el sangriento distrito, que ignorante
cómplice de sus lástimas crüeles,
de testas se adornó, se armó de pieles.

[44]

De más alto despecho conducido,
a la injuria mayor del numen luego
su enojo transcendió, que enfurecido
dos veces en su error se obstinó ciego.
La deidad ultrajada, envilecido
el plácido jardín de su sosiego,
dio razón de su dueño, en rotos cultos,
investirse de leyes los insultos.

39c gravando V AS AM E   agravando S ‖ 41h investirse V AS AM   el vestirse S E

38g *estación*: 'paraje en el que se hace un descanso durante un viaje'. ‖ 40b *acaso*: 'suceso inesperado, casualidad, desgracia'. ‖ 40h El empleo de las voces *horror*, *formidables* y *melancólico* en la primera parte de la estrofa remiten a la sexta octava del *Polifemo*, donde se utilizan los mismos términos para describir la cueva del cíclope. ‖ 41b *numen*: 'deidad'.

42

Pospuesta su deidad, con torpe ofensa,
a humana perfección consagra ufano,
de su paterno amor en recompensa,
trofeos que su culto arguyen vano.
A Ifigenia, beldad que luce inmensa
muchedumbre de rayos, da, tirano,
víctimas que arrastraron otros días
el triforme candor, volantes pías.

43

A Ifigenia, que hermosa, que divina,
en su ardor escondiéndose, de humana
emulación se aplaude peregrina
de el tierno rosicler de la mañana;
si llantos de la Aurora no ilumina
de su bulto en la concha soberana,
la misma Aurora cuaja, cuyas rosas
en sus labios se ríen vergonzosas.

44

Deshojado en matices, do lascivo
de la aura el pincel culto se recrea,
sobre su tez se vierte, discursivo,
el constelado nácar de Amaltea;
templado su carmín en candor vivo,
afecta que su unión discorde sea
maridaje inmortal, de quien las flores
se animen a estudiar nuevos colores.

[45]

Pospuesta su deidad, con torpe ofensa,
a humana perfección consagra ufano,
de su paterno amor en recompensa,
trofeos que su culto arguyen vano.
A Ifigenia, beldad que *brilla* inmensa
muchedumbre de rayos, da, tirano,
víctimas que arrastraron otros días
el triforme *explendor*, volantes pías.

[46]

A Ifigenia, que hermosa, que divina,
en su ardor escondiéndose, de humana
emulación se *adula* peregrina
de el tierno rosicler de la mañana;
si llantos de la Aurora no ilumina
de su bulto en la concha soberana,
la misma Aurora cuaja, cuyas rosas
en sus labios se ríen vergonzosas.

[47]*

Deshojado en matices, do lascivo
de la aura el pincel culto se recrea,
sobre su tez se vierte, discursivo,
el constelado nácar de Amaltea;
templado su carmín en candor vivo,
afecta que su unión discorde sea
maridaje inmortal, de quien las flores
se animen a estudiar nuevos colores.

42c en recompensa V AS AM   con recompensa S E || 44a do lascivo V AS AM E   lo lascivo S ||
44b la aura V AS AM   el aura S E
* Estrofas reordenadas según lo expuesto en los criterios de edición.

42h Agamenón consagra a la belleza de Ifigenia el sacrificio de las ciervas que solían tirar de la
carroza (*víctimas, que arrastraron otros días*) de Ártemis, a la que se alude como *el triforme candor*. Es
muy común el sincretismo de Ártemis con la diosa Hécate a la que se suele representar como a una
mujer de tres caras.
43d *rosicler*: 'rosa claro'. Término cultista. || 43f *concha soberana*: 'ostra que produce perlas'. Se des-
cribe la boca y dientes de la joven. || 44a *lascivo*: 'lozano'. || 44d *Amaltea*: la cabra que amamantó
a Zeus mientras estaba oculto en Creta, para que su padre, Cronos, no lo matase. En estos ver-
sos se refiere a la constelación de Capricornio. || 44f *afecta*: 'finge'. || 44h La estrofa continúa con la
prosopografía de Ifigenia, con la descripción de la piel de la joven.

45

A el pecho se deriva, en su decoro,
rizado torbellino de su frente,
cuyo dulce temblor, con ondas de oro,
escollos de cristal lamió viviente;
en él, peinado el sol de su tesoro
gasta la vanidad, cuando luciente
gusano, si vivaz, a tornos bellos
hiló todo su ardor en sus cabellos.

46

En bipartido solio, de su vista
la majestad reside, donde grave,
sin libertad que ciega la resista,
de las almas es vínculo suave;
con dormido explendor, que la bien quista,
más allá de su agrado, intimar sabe,
mintiendo remisión, en vivos sueños,
del Amor los dulcísimos beleños;

47

arquero de su luz, veloz la gira
de Cupidillos mil ejambre ciego,
en quien absorto el céfiro respira,
vendada tempestad de lince fuego;
si su ardor mariposas los conspira
a gustar de sus llamas el sosiego,
hidrópicos, libaron a el beberlas
la muerte lagrimada de sus perlas.

[48]

A el pecho se deriva, en su decoro,
rizado torbellino de su frente,
cuyo dulce temblor, con ondas de oro,
escollos de cristal *la vio* viviente;
en él, peinado el sol de su tesoro
gasta la vanidad, cuando luciente
gusano, si vivaz, a tornos bellos
hiló todo su ardor en sus cabellos.

[49]

En bipartido solio, de su vista
la majestad reside, donde grave,
sin libertad que ciega la resista,
de las almas es vínculo suave;
con dormido explendor, que la bien quista,
más allá de su agrado, intimar sabe,
mintiendo remisión, en vivos sueños,
del Amor los dulcísimos beleños;

[50]

arquero de su luz, veloz la gira
de Cupidillos mil *enjambre* ciego,
en quien *suspenso* el céfiro respira,
vendada tempestad de lince fuego;
si su ardor *mariposa* los conspira
a *libar* de sus llamas el sosiego,
hidrópicos, *apuran* a el beberlas
la muerte lagrimada de sus perlas.

[51]

Ya sobre el terso prado que describe,
informe el bastidor su aseo llueve,
todo un abril de seda por quien vive,
la rosa en fuego, si el jazmín en nieve;
pensil lidio la tela en sí recibe,
de variado matiz confusión leve,
donde a la alegre unión de sus colores,
nacieron hebras a tenerse flores.

45a deriva V AS AM E   derriba S ‖ 45e peinado el sol V AS AM S   peinado sol E ‖ 45f cuando V
AS AM   cuanto S E ‖ 45g si vivaz V AS AM S   que vivaz E ‖ 47d vendada V AS AM E   bandada
S ‖ 47e mariposas los conspira V AS   mariposas les conspira AM   mariposa los conspira S E

[48]d *la vio*: probablemente se trate de un error de copia por *lamió*, como en 45d. ‖ 46a *solio*: 'trono
con dosel'. ‖ 46h *beleños*: 'planta con propiedades narcóticas'. ‖ 47b *ejambre*: latinismo. 'Enjambre'.
‖ 47d *lince fuego*: lince por la visión aguda.

<table>
<tr><td>

48

De el mórbido alabastro, que ingeniosa
en su cuello torneó naturaleza,
el candor primitivo de la rosa
los ampos vegetó de su pureza;
absorta de su albor, la estrella diosa
sospecha obscurecida la belleza
del catre nadador que, ardiendo espumas,
le madruga oriental undosas plumas.

49

En esta de la luz nunca estrenada,
injuria superior; se oyó ofendida
la deidad de las selvas venerada,
de la pasión paterna enternecida.
Miró su vista horrores, pues, airada,
a el ver a su belleza preferida
hermosa humanidad, brilló en querellas,
el fraterno explendor hecho centellas.

50

Del sacro Citerón la insana cumbre
bebió menos temores en su bulto,
cuando apagando vidas con su lumbre,
el fecundo vengó materno insulto;
el insulto que yerta pesadumbre,
las olas retardando a el Lete inculto,
a ser vive, padrón de sus enojos,
lástima endurecida de los ojos.

</td><td>

[52]

De el mórbido alabastro, que ingeniosa
en su cuello *troncó* naturaleza,
el candor primitivo de la rosa
los ampos vegetó de su pureza;
absorta de su albor, la estrella diosa
sospecha obscurecida la belleza
del catre nadador que, ardiendo espumas,
le madruga oriental undosas plumas.

[53]

En esta de la luz nunca estrenada,
injuria superior; se *halló* ofendida
la deidad de las selvas venerada,
de la pasión *de un padre inadvertida.*
Miró su vista horrores, pues, airada,
a el ver a su belleza preferida
hermosa humanidad, brilló en querellas,
el fraterno *arrebol* hecho centellas.

[54]

Del sacro Citerón la insana cumbre
bebió menos temores *a* su bulto,
cuando apagando vidas con su lumbre,
el fecundo vengó materno insulto;
el insulto que yerta pesadumbre,
las olas retardando a el Lete inculto,
a ser vive, padrón de sus enojos,
lástima endurecida de los ojos.

</td></tr>
</table>

48a mórbido V AS AM E   mordido S ‖ 48e albor V AS AM   ardor S E ‖ 49a estrenada V AS AM S   extremada E ‖ 49b oyó V AS S E   vio AM ‖ 49f a su belleza V AS AM E   su belleza S ‖ 49g brilló en querellas V AS AM E   brilló querellas S

48d *ampos*: 'blancura extrema'. ‖ 48d *vegetó*: 'pobló'. ‖ 48e *la estrella diosa*: es el lucero de la mañana, consagrado a Afrodita. ‖ 48g *catre nadador*: la concha sobre la que nació Afrodita. ‖ 49h *el fraterno explendor*: Apolo. ‖ 50a *Citerón*: macizo montañoso donde se decía que habitaban las musas. ‖ 50e *pesadumbre*: 'injuria'. ‖ 50f *Lete*: o Leteo es uno de los ríos del Hades cuyas aguas provocaban el olvido completo. ‖ 50h La estrofa explica cómo Ártemis busca consejo en su hermano, Apolo, para que le ayude a decidir un castigo para Agamenón. En estos versos se hace referencia al castigo que impusieron ambos hermanos a Níobe, quien se vanagloriaba diciendo que era mejor que Leto, la madre de Apolo y Ártemis, porque ella tenía siete hijos y siete hijas perfectos. En venganza por su osadía, Apolo mató a los hijos y Ártemis, a las hijas.

51

Consultando rigores, en su idea
la venganza medita; el pensamiento
de el odio por las ráfagas ondea,
con la sed procelosa del tormento.
Transcendiendo la muerte, hallar desea
el ingenio crüel de el sentimiento
castigos que autoricen, no inferiores,
la insaciable ambición de sus rencores.

52

El enojo sellado de su mente,
en el alto dolor, sagaz confía
de el tiempo a la pereza diligente
la prevista ocasión de su porfía.
Si en sus iras el rayo omnipotente
no interesa, parcial, discurre impía
conciliar, comunera de sus furias,
el tonante tercero a sus injurias.

53

Pacía ya de Etón la errante llama,
celeste el animal, de cuyo anhelo
no supo redimir la tiria grana,
la rosa que mejor tiñó su suelo;
salamandra de Amor si allí se inflama,
segundo vellocino, aquí, de el cielo,
bebe el sacro volcán, que a encender mayos
rebosa por su piel fecundos rayos.

[55]

Consultando rigores, en su idea
la venganza medita; el pensamiento
de el odio por las ráfagas ondea,
con la sed procelosa del tormento.
Doctrinando la muerte, hallar desea
el ingenio crüel de el sentimiento
castigos que autoricen, no inferiores,
la insaciable *invención* de sus rencores.

[56]

El enojo sellado de su mente,
en el alto dolor, sagaz confía
de el tiempo a la pereza diligente
la *ya vista* ocasión de su porfía.
Si en sus iras el rayo omnipotente
no interesa, parcial, discurre impía
conciliar, comunera de sus furias,
el tonante tercero a sus injurias.

[57]

Pacía ya de Etón la *ardiente* llama,
celeste el animal, de cuyo anhelo
no supo redimir la tiria grana,
la rosa que mejor tiñó su suelo;
salamandra de Amor si allí se inflama,
vellocino segundo, aquí, de el cielo,
bebe el sacro volcán, que a encender mayos
rebosa por su piel fecundos rayos.

53c grana V AS AM   grama S E

52f *parcial*: 'que sigue el partido de alguien'. ‖ 52g *comunera*: «el que tomando la voz común o del pueblo se junta con otros para levantarse y conspirar contra su soberano» (Autoridades). ‖ 52h *tonante*: 'el que truena'. ‖ 52h *tercero*: 'el que media entre dos o más personas'. Ártemis, una vez ha pensado el castigo, discurre que, si Zeus no se pone de su parte, se levantará contra él. ‖ 53a *Etón*: o Aetón es uno de los caballos que tiraba del carro de Helios, el dios del Sol. ‖ 53c *tiria*: natural de la ciudad de Tiro, famosa por su producción del tinte púrpura. ‖ 53f *vellocino*: en la mitología griega es la piel del carnero Krysomallos. Una de las misiones de los Argonautas fue recuperar el vellocino de oro para que Jasón recuperase el trono de Yolcos. ‖ 53h La estrofa describe el momento de la puesta de sol.

<table>
<tr><td>

54

Ya en la estación de el tiempo lisonjera,
Fénix voluble, el año a ser eterno
se reiteraba infante de la hoguera,
donde murió caduco del invierno,
cuando, leve, la flota a el ponto, fiera,
tan quieto se fio, cual si ya tierno
alción vivifique, en los escollos,
la muerte anticipada de sus pollos.

55

De el perezoso día con la Aurora
llegó impaciente el plazo a la partida.
La chusma se quejó; la voz canora
de el tirreno metal se oyó oprimida;
la gran selva de abetos voladora,
hasta allí de la calma entorpecida,
con los céfiros rompe favorables
el ocio retorcido de los cables.

56

La errada plebe, que a el afán cansado
sacrificó su error, de alientos llena,
a el remo se ciñó, que, castigado,
de Tetis la quietud turbó serena.
De Tetis, que suspensa del breado,
fugitivo Babel, con muda pena,
bosques indignó tantos, cuyos pinos
sus jaspes le anochecen cristalinos.

</td><td>

[58]

Ya en la estación de el tiempo lisonjera,
Fénix voluble, el año a ser eterno
se *retiraba* infante de la hoguera,
donde murió caduco del invierno,
cuando, leve, la flota a el ponto, fiera,
tan quieto se fio, cual si ya tierno
vivifique alción, morando escollos,
la anticipada muerte de sus pollos.

[59]

De el perezoso día con la Aurora
llegó impaciente el plazo a la partida.
La chusma se quejó; la voz *sonora*
de el *tierno* metal se oyó oprimida;
la gran selva de abetos voladora,
hasta allí de la calma entorpecida,
con los céfiros rompe favorables
el ocio retorcido de los cables.

[60]

La errada plebe, que a el afán cansado
sacrificó su error, de alientos llena,
a el remo se ciñó, que, castigado,
de Tetis la quietud turbó serena.
De Tetis, que suspensa del breado,
vagoroso Babel, con muda pena,
bosques *indigna* tantos, cuyos pinos
le anochecen sus jaspes cristalinos.

</td></tr>
</table>

54b voluble V AS AM   volable S E ‖ 54c reiteraba V AS AM   retiraba S E ‖ 55c canora V AS AM E sonora S ‖ 55d tirreno V AS E   terreno AM   tierno S ‖ 56a errada V AS AM   errante S E ‖ 56b error V AS AM S   ardor E

54g *alción*: 'pájaro pequeño y marino. Pone sus huevos en la arena junto al mar y se dice que su época de cría anuncia buen tiempo por lo que los marineros aprovechan para embarcarse'. En este verso funciona como prolepsis narrativa pues anuncia la tormenta que diezmará a las tropas griegas ‖ 55c *chusma*: 'los galeotes que reman en las galeras'. ‖ 55d *tirreno metal*: se refiere al lituo, un instrumento de viento-metal etrusco, parecido a la trompeta. Se empleaba para la caballería militar y en rituales fúnebres. Parece que *tierno* en [59]d es, por tanto, un error de copia. ‖ 55h *cables*: 'maromas que sirven para asegurar las naves'. ‖ 56c *castigado*: 'afligido'. ‖ 56f *fugitivo Babel*: estos versos hacen referencia a la flota griega y a su diversidad. ‖ 56h *anochecen*: 'oscurecen'.

57

Húrtase a los bajeles la ribera,
perdiendo en la distancia el movimiento;
desvanécese Áulide, en la ligera
perspectiva retrógrada de el viento;
de el puerto aún la memoria lisonjera,
con el error de el húmedo elemento,
caduca entre sus ojos, que indecisos
se vuelven de sus torres, sin avisos.

58

Así, ufanos, por sendas de zafiro,
holladas en los astros de el desvelo,
solicitan, de el mar en el retiro,
de el mentido zagal el patrio suelo.
De el favonio, las velas, a el suspiro
tanto animan el buque, que en su anhelo,
a el sentirlas del soplo instante llenas,
rechinaron crujidos las entenas.

59

Así hollaba los campos de la espuma
el dórico feliz, cuando insidioso,
con nubes que veloz sudó su pluma,
el austro del cristal rompió el reposo.
De el séptimo Trión la leve bruma,
su furor repitiendo proceloso,
las ondas embistió, que, sacudidas,
son cimeras de el aire encanecidas.

[61]

Húrtase a los bajeles la ribera,
perdiendo en la distancia el movimiento;
desvanécese Áulide, en la ligera
perspectiva retrógrada de el viento;
de el puerto aún la memoria lisonjera,
con el error de el húmedo elemento,
caduca entre sus ojos, que indecisos
se vuelven de sus torres, sin avisos.

[62]

Así, ufanos, por sendas de zafiro,
que en los astros va hallando su desvelo,
solicitan, de el mar en el retiro,
de el mentido zagal el patrio suelo.
De el favonio, las velas, a el suspiro
tanto animan el buque, que en su anhelo,
a el sentirlas del soplo instante llenas,
rechinaron crujidos las entenas.

[63]

Así *araba* los campos de la espuma
el dórico feliz, cuando insidioso,
con nubes que veloz sudó su pluma,
el austro del cristal rompió el reposo.
De el séptimo Trión la leve bruma,
su furor repitiendo proceloso,
las ondas embistió, que, sacudidas,
son cimeras de el aire encanecidas.

58b holladas V S E   halladas AS AM   hollados S || 58f rechinaron V AS AM E   reclinaron S ||
58h entenas V AS AM S   antenas E || 59c su pluma V AS AM   la pluma S E

58d *el mentido zagal*: Paris. Los griegos se dirigen, por fin, a Troya. || 58e *favonio*: 'viento suave de poniente'. || 59d *austro*: 'viento procedente del sur'. || 59e *el séptimo Trión*: o septentrión es el punto cardinal que indica el norte. En el *Panegírico al duque de Lerma* encontramos el mismo sintagma, que procede de la separación de la palabra *septentrión*. El poema gongorino presenta, además, la misma diéresis y el mismo esquema acentual que adopta Verdejo.

60

Segundas iras crece el mar insano
de el Euro bramador a la porfía,
con que arrugando el rostro de olas cano,
amenaza feroz la luz de el día;
consorte de su horror, siempre tirano,
de el África recluta la osadía;
cáucasos de zafir, que asustan fieros
con memorias de el Flegra a los luceros.

61

De los soplos, Nereo, a el turbulento
insulto volador enfurecido,
su orgullo concitó, que a el firmamento
deja con su sudor humedecido;
ya su espalda, de el alto pavimento
a el cóncavo ajustándose lucido,
zodïaco es sin sol, en cuyas veces
las imágenes todas nadan peces.

62

Condensado vapor, en velo obscuro,
occidentes madruga a el cielo claro,
empañando el rubí, que fue más puro
manantial de los días, nunca avaro;
noches vestido, el aire tiende impuro
el manto de su horror, a donde raro,
rebujando de el sol los resplandores,
a el orbe desnudó de sus colores.

[64]

Segundas iras crece el mar insano
de el Euro bramador a la porfía,
con que arrugando el rostro de olas cano,
amenaza feroz la luz de el día;
consorte de su horror, siempre tirano,
de el África recluta la osadía;
cáucasos de zafir, que asustan fieros
con memorias de el Flegra a los luceros.

[65]

De los soplos, Nereo, a el turbulento
insulto volador enfurecido,
su orgullo concitó, que a el firmamento
deja con su sudor humedecido;
su espalda ya, de el alto pavimento,
a el cóncavo ajustándose lucido,
zodïaco es sin sol, en cuyas veces
las imágenes todas nadan peces.

[66]

Condensado vapor, en velo obscuro,
occidentes madruga a el cielo claro,
empañando el rubí, que fue más puro
manantial de los días, nunca avaro;
noches vestido, el aire *tiene* impuro
el manto de su horror, a donde raro,
rebujando de el sol los resplandores,
a el orbe desnudó de sus colores.

60c de las olas V AS AM   de olas S E ǁ 60f recluta V AS AM S   reclama E ǁ 60g que asustan V AS AM E   asustan S ǁ 61d deja con su sudor V AS AM S   dejaba con su ardor E

60f *el África*: 'o ábrego, es un viento del sudoeste, húmedo y caliente, que trae lluvias'. ǁ 60h *Flegra*: o los Campos Flégreos es una región volcánica al noroeste de Nápoles donde, según la mitología clásica, vivían los gigantes. ǁ 61a *Nereo*: es una divinidad marina, hijo de Ponto y Gea, casado con Doris y padre de las Nereidas. ǁ 61c *concitó*: 'provocó, causó'. ǁ 61g *zodïaco*: 'zona celeste por cuyo centro pasa la eclíptica'. ǁ 61h *imágenes*: 'constelaciones'. ǁ 62e *noches vestido el aire*: acusativo griego.

63

En nubes desplumado, el noto leve
se introduce a el diáfano desierto,
vertiéndose a sí mismo, cuando llueve,
a inundar en su golfo el golfo incierto;
tal vez la que fluyó líquida nieve
de el scítico Aquilón a el soplo yerto,
risco se congeló, vibrando en brumas
efímero alabastro a las espumas.

64

Asaltada de tanto ardor valiente,
fluctúa la infeliz argiva flota,
rozando, en cada jaspe transparente,
el escollo final de su derrota.
De el viento a los dominios obediente,
lastimado el penol, la jarcia rota,
a el sulcar enemigos horizontes,
riberas ve de Europa, de Asia montes.

65

El ponto, dividido de ira interna,
tumbas abre de yelo a la ruïna,
que visible ostentó la azul caverna
entallada en la masa cristalina;
de los hados la línea sempiterna
próxima a sus alientos se fulmina,
cuando a buscar el cielo entre los ritos
va el ruego autorizado de sus gritos.

[67]

En nubes desplumado, el noto leve
se introduce a el diáfano desierto,
vertiéndose a sí mismo, cuando llueve,
a inundar en su golfo el golfo incierto;
tal vez la que fluyó líquida nieve
de el *scita* Aquilón a el soplo yerto,
risco *se solidó*, vibrando en brumas
efímero alabastro a las espumas.

[68]

Asaltada de tanto ardor valiente,
fluctúa la infeliz argiva flota,
rozando, en cada jaspe transparente,
el escollo final de su derrota.
De el viento a los dominios obediente,
lastimado el penol, la jarcia rota,
a el sulcar enemigos horizontes,
riberas ve de Europa, de Asia montes.

[69]

El ponto, dividido de ira interna,
tumbas abre de yelo a la ruïna,
que visible *obstenta* la azul caverna
entallada en la masa cristalina;
de los hados la línea sempiterna
próxima a sus alientos se fulmina,
cuando a buscar el cielo entre los ritos
va el ruego autorizado de *los* gritos.

63e la que V AS S E   lo que AM ‖ 64b fluctúa V AS AM   fluctuaba S E ‖ 64g sulcar V AS S E surcar AM ‖ 65d masa V   mesa AS AM S E ‖ 65g los ritos V AS AM S   sus ritos E

63a *noto*: 'viento procedente del sur'. ‖ 63f *scítico Aquilón*: Bóreas, el dios del viento del Norte. ‖ 64d *derrota*: 'rumbo o dirección que siguen las embarcaciones en el mar'. ‖ 64 f *penol*: 'extremo de la verga, una percha a la cual se asegura el gratil de una vela'. ‖ 64f *jarcia*: 'conjunto de aparejos de una nave'. ‖ 64g *sulcar*: latinismo. 'Surcar'. ‖ 65c *la azul caverna*: se refiere a los desniveles que crean las olas y en los que se hunden los barcos.

66

De el polo, ensangrentada, la ojeriza
sombras distila en luz, que, sinuosa,
si los ojos volante atemoriza,
amedrenta los pechos ominosa;
de el crinito fulgor, que el aire riza,
con diluvio de llama tenebrosa,
a contristar se flechan las estrellas,
áspides instantáneos de centellas.

67

Derramado, el concurso vagaroso
vuela de los abetos, el mar crece;
el remo, sin faena, pende ocioso;
el timón, sin precepto, descaece.
Todo lo hace el temor, que sedicioso
a la náutica ley desobedece,
cuando a la confusión de ecos veloces,
naufragan en la voz las mismas voces.

68

A la furia del mar, los leños, brava,
se quejan, flacos, de el abismo ciego,
nadando en la celeste undosa clava
los raudales del último sosiego;
el que otra vez la gavia iluminaba
con gémino explendor, tutelar fuego
no alumbra su esperanza, que hay naufragios,
donde también zozobran los presagios.

[70]

De el polo, ensangrentada, la ojeriza
sombras destila en luz, que sinuosa,
si los ojos *traviesa* atemoriza,
amedrenta los pechos ominosa;
de el *súbdito* fulgor, que el aire riza,
con diluvio de llama tenebrosa,
a contristar se flechan las estrellas,
áspides instantáneos de centellas.

[71]

Derramado, el concurso vagaroso
vuela de los abetos, el mar crece;
el remo, sin faena, pende ocioso;
el timón, sin precepto descaece.
Todo lo hace el temor, que sedicioso
la náutica razón desobedece,
haciendo que a sus gritos más veloces,
naufraguen en la voz *sus* mismas voces.

[72]

A la furia del mar, los leños, brava,
se quejan, flacos, de el abismo ciego,
viendo ya en la celeste undosa clava
los piélagos del último sosiego;
el que otra vez la gavia iluminaba
con gémino explendor, tutelar fuego
no alumbra su esperanza, que hay naufragios
donde también zozobran los presagios.

66d ominosa V AS AM S   animosa E ‖ 67a curso V   concurso AS AM S E ‖ 67b vuela de los abetos, el mar crece V AS S E   de los Abetos vuela; y el mar crece AM ‖ 68a la furia del mar los leños brava V AS   a los leños a la furia del mar brava AM   a la furia del mar, los linos brava S   Del mar los linos a la furia brava E ‖ 68c celeste V AS S E   cerúlea AM

66a *la ojeriza*: es la de Ártemis. ‖ 66e *crinito*: 'que tiene el cabello o las crines largas' En estos versos se refiere a un cometa por la semejanza de su estela con las crines de un caballo. ‖ 66g *contristar*: 'afligir, entristecer'. ‖ 67a *Derramado*: 'despedido'. ‖ 67a *concurso*: 'conjunto de personas'. ‖ 68f *gémino*: 'duplicado'.

69

El regio Bucentoro, que fue erguido
escollo de las ondas lisonjero,
sediento de la muerte, bebe, hendido,
su líquido sepulcro en el mar fiero.
Ajeno de la luz, vaga perdido,
sin hallar el azul docto sendero,
donde, tapidas, le hurtan las esferas
la mayor de las dos lucientes fieras.

70

De el pino atormentada la osadía,
a el golpe cristalino de la muerte,
flaquezas cruje, si burló algún día
de el membrudo villano el brazo fuerte.
Rota de su ligamen la porfía,
a las instancias cede de la suerte,
que en lucha pertinaz atiende roncos
los remos estallar, gemir los troncos.

71

En mar, en fuego, en aire, naufragante,
precipicios el griego se promete;
diverso con tres bultos el semblante
de la muerte sus vidas acomete;
de el vulgo prisionero el grito errante
crece, las turbaciones del grumete;
no es mucho si, inexpertos, los pilotos
apelan del timón para los votos.

[73]

El Bucentoro real, que fue *engreído*
escollo de las *aguas* lisonjero,
sediento de la muerte, bebe, hendido,
su líquido sepulcro en el mar fiero.
Ajeno de la luz, vaga perdido,
sin hallar el azul docto sendero,
donde, tapidas, le hurtan las esferas
la mayor de las dos lucientes fieras.

[74]

De el pino atormentada la osadía,
a el *cristalino golpe* de la muerte,
flaquezas cruje, si burló algún día
de membrudo villano el brazo fuerte.
Rota de su ligamen la porfía,
cede a el ímpetu errante de la suerte,
que en lucha *contumaz* atiende roncos
gemir los remos, estallar los troncos.

[75]

En mar, en fuego, en aire, naufragante,
el griego sus destrozos se promete;
diverso con tres bultos el semblante
de *las muertes* sus vidas acomete;
de el *prisionero vulgo* el grito errante
crece, las turbaciones del grumete;
a el ver que ya, inexpertos, los pilotos
apelan del timón para los votos.

69g tapidas le hurtan V AS   tupidas le hurtan AM   rápidas se hurtan S   rápida se hurtan E ||
70f suerte V AS AM S   muerte E || 71e grito V AS AM E   susto S

69a *Bucentoro*: o Bucintoro era una galera de la república de Venecia que se usaba, principalmente, para celebraciones. || 69g *tapidas*: 'tupidas'. || 69h *las dos lucientes fieras*: son las constelaciones de la Osa mayor y la Osa menor. || 71c *bultos*: 'se dice de la imagen o efigie de madera o piedra'. La estrofa hace referencia a las representaciones de la diosa Hécate (una estatua tricéfala), que solía asimilarse en numerosas ocasiones con Ártemis.

72

Pierde el viento las voces que de el cielo
la piedad solicitan escondida,
con que solo se escuchan en su anhelo
lastimeras reliquias de la vida:
de. el augusto valor, no ya el desvelo
por la venganza crece desmentida;
mas sí, porque de el pueblo en los gemidos
le inventan nuevas muertes sus oídos.

73

Padece en cada leño de su pecho
segunda tempestad el lastimado
esfuerzo superior, a el ver deshecho
de su enojo el poder a el soplo airado.
Si preñadas ayer de su despecho,
adularon las quillas su cuidado,
huérfanas de valor, hoy, en astillas,
revelan su tragedia a las orillas.

74

Aún delira el Egeo su tumulto,
en globos de su hervor nubes retrata,
cuya preñez llovió con otro insulto
a el cielo inundaciones de su plata.
A el cielo, que estrañando de su bulto
el líquido disfraz su luz recata,
vistiéndose cristal, que por sus giros
estrellas borbolló, sorbió zafiros.

[76]

Pierde el viento las voces que de el cielo
la piedad solicitan escondida,
escuchándose ya solo en su anhelo
por superfluas reliquias de la vida:
de el augusto valor, no *hay* el desvelo
se aumenta en la venganza desmentida;
mas sí, *en su pueblo, fiel, cuyos* gemidos
muertes van inventando a sus oídos.

[77]

Padece en cada *pino* de su pecho
segunda tempestad el lastimado
esfuerzo superior, *viendo* deshecho
de su enojo el poder a *un* soplo airado.
Si preñadas ayer de su despecho,
adularon las quillas su cuidado,
hoy, huérfanos de aliento, en sus astillas,
refieren su tragedia a las orillas.

[78]

Aún delira el Egeo su tumulto,
en globos de su hervor nubes retrata,
cuya preñez llovió con *nuevo* insulto
a el cielo inundaciones de su plata.
A el cielo, que estrañando de su bulto
el *salobre* disfraz su luz recata,
dudándose cristal, que por sus giros
estrellas borbolló, sorbió zafiros.

72f desmentida V AS AM S   desmedida E ‖ 73c al ver V AS AM S   viendo E ‖ 74b hervor V AS
AM E   error S ‖ 74c llovió con otro V AS AM S   le da con nuevo E

72e *el augusto valor*: el valor de Menelao.

75

Su labio rosicler, candor su frente,
si bien su llanto aljófar, encendía
la madre de Memnón a el vago ambiente
las desteñidas púrpuras de el día.
La noche, que esta vez más insolente
repitió su dominio en sombra fría,
retrocede a no ver, aunque de lejos,
su injuria de el Hidaspe en los espejos.

76

De Clicie brillador en luz más viva,
sus llamas dispensando a el globo inmenso,
matutino el imán, con lucha activa,
las gasas de el vapor doraba denso;
con su explendor, de el aire compasiva,
el viento adormecido, el mar suspenso,
ardió la tez colores, que felices
ríen serenidad, mienten matices.

77

De el acaso a este tiempo, la nadante
velera población se halló arrojada,
vencido el negro ponto fluctuante,
de el mar compatriota a la ensenada;
entra el puerto feliz, muerde anhelante
la arena el corvo diente deseada,
en cuya paz a el cielo agradecidos,
en víctimas disuelven sus gemidos.

[79]

Su labio rosicler, candor su frente,
si bien su llanto aljófar, *encendida*
la madre de Memnón a el vago ambiente
las desteñidas púrpuras de el día.
La noche, que esta vez más insolente
obstinó su dominio en sombra fría,
retrocede a no ver, aunque de lejos,
sus agravios del golfo en los espejos.

[80]

De Clicie brillador en luz más viva,
sus llamas dispensando a el globo inmenso,
matutino el imán, con lucha activa,
las gasas de el vapor doraba denso;
con su explendor, de el aire compasiva,
el viento adormecido, el mar suspenso,
ardió la tez colores, que felices
ríen serenidad, mienten matices.

[81]

De el acaso a este tiempo, la nadante
velera población se halló arrojada,
vencido el negro *ponte* fluctuante,
de el mar compatriota a la ensenada;
entra el puerto feliz, *muerte* anhelante
la arena el corvo diente deseada,
en cuya paz a el cielo agradecidos,
en víctimas disuelven sus gemidos.

75b su llanto encendía V AM S E   su llanto encendida AS   su manto encendía AM ‖ 75c al vago V AS AM S   del vago E ‖ 75d desteñidas V AS AM S   detenidas E ‖ 75h espejos V AS AM S   reflejos E ‖ 77d a la ensenada V AS AM S   en la ensenada E ‖ 77e el puerto V AS AM S   al puerto E

75c *la madre de Memnón*: En la mitología griega, Eos, la diosa titánide de la aurora que anuncia a su hermano Helios. ‖ 75h *Hidaspe*: es el nombre griego del río Jhelum que pasa por India y Pakistán. Junto a ese río se produjo la cruenta batalla del Hidaspes, entre las tropas de Alejandro Magno contra Poros, el rey de Paura en el 326 a. C. En este verso es una alusión al oriente y al amanecer. ‖ [79]b *encendida*: se trata de un error de copia que rompe la rima. La lectura correcta es 75b, *encendía*. ‖ 76a *Clicie*: o Clitia fue una doncella amada por Helios, que tras ser abandonada por el dios, se transformó en girasol. Este verso alude al sol. Se trata, además, de un eco gongorino al verso *vaga Clicie del viento* de las *Soledades* (2016: 273). ‖ 77e *entra*: transitivo.

78

No de el Frigio raudal la incierta espuma
de otra suerte abrigó turba sonora
de góndolas con alma, cuya pluma
los ríos argentó, los cielos dora.
Flota, que en los bullicios de la bruma
mece su libertad, cuando canora,
insultada, burló las iras graves,
de el Júpiter plumado de las aves.

79

Mendigos de piedad, ricos de llanto,
de el templo se refugian, donde el ruego
en lágrimas, primero, inunda cuanto
religioso, después, enjuga el fuego.
De el templo que, titán de piedra santo,
de el Euro para hollar el furor ciego,
se calzó, con soberbias importunas,
las paciencias de el pórfido en colunas.

80

De el templo, donde, airado, el bronce culto
toda la majestad de Cintia apura
a soplos de el buril, pues en su bulto
vivió divinidades la escultura.
Con la torpe memoria de el insulto
salpicada la imagen se ve dura,
cómplice de el dolor, cuyos agravios
a pesar del cincel yelan sus labios.

81

De el torvo simulacro a el ceño atiende
tan absorto el concurso, que rendido
de el silencio feroz que oye, suspende
su aliento, entre sus ojos escondido;
no menos cuidadosa, en tanto, prende
la mano a el holocausto prevenido,
reverente volcán, que a sus ardores
asirios troncos liquidó en vapores.

[82]

No de el Frigio raudal la incierta espuma
de otra suerte abrigó turba *canora*
de góndolas con alma, cuya pluma
los ríos argentó, los cielos dora.
Noto que, en el bullicio de la bruma,
mece su libertad, cuando *sonora*,
insultado, burló las iras graves,
de el Júpiter plumado de las aves.

[83]

Mendigos de piedad, ricos de llanto,
de el templo se refugian, donde el ruego
en lágrimas, primero, inunda cuanto
religioso, después, enjuga el fuego.
De el templo que, titán de piedra santo,
para hollar el furor de Euro ciego,
se calzó, con soberbias importunas,
las paciencias de el pórfido en columnas.

[84]

En él, sobre su altar, el bronce culto
con almas del buril, de Cintia apura
toda la majestad, pues en su bulto
osó a vivir deidades la escultura.
Con la torpe memoria de el insulto
la salpicada imagen se ve dura,
cómplice de el dolor, cuyos agravios
a pesar del cincel *sellan* sus labios.

[85]

De el torvo simulacro *el* ceño atiende
tan *extático* el concurso, que rendido
de el silencio feroz que oye, suspende
su aliento, entre sus ojos escondido;
no menos cuidadosa, en tanto, prende
la mano a el holocausto prevenido,
reverente volcán, que a sus ardores
troncos liquidó asirios en vapores.

81a al ceño V AS AM   el ceño S E || 81e cuidadosa V AS AM S   cuidadoso E

78h *el Júpiter plumado de las aves*: se refiere al águila. || 77h Las tropas, agradecidas por haberse salvado, deciden sacrificar animales en honor a Ártemis. || 79h Las tropas se refugian en el famoso templo de Ártemis en Áulide, a dos km de Calcis. || 80c *buril*: 'instrumento de acero terminado en punta que sirve para grabar en distintos metales'. || 81a *torvo simulacro*: 'terrible' 'imagen, especialmente sagrada, hecha a semejanza de otra cosa'.

82

Si en gomas derretidas el ambiente
se anochece sagrado, el pavimento,
a instancias de el acero diligente,
en vidas de coral nada sangriento;
ministro de los hados confidente,
con estudio, después, consulta atento
la fibra, que locuaz en sus latidos
los dioses palpitó más escondidos.

83

Era Calcas. Su aspecto venerado
la candidez del ánimo retrata,
su barba, crespo arroyo destrenzado,
a el pecho en hebras derramó su plata;
de el tiempo volador el tardo arado,
complicando su frente, se dilata
en sulcos por su tez, donde los años
encanecen fecundos desengaños.

84

El globo de sus sienes respetoso
giran sagradas zonas, con que el lino,
en ampos doctrinado, es misterioso
cándido adorno de el honor divino.
A la planta de el hombro en bullicioso
traje de el ministerio peregrino,
se nieva de algodón, vistiendo en giros
cuerpo hilado de el Euro a los suspiros.

[86]

Si en gomas derretidas el ambiente
se anochece sagrado, el pavimento,
a instancias de el acero diligente,
en vidas de coral nada sangriento;
ministro de los hados confidente,
con estudio, después, *meditó* atento
la fibra, que locuaz en sus latidos
los dioses palpitó más escondidos.

[87]

Era Calcas. Su aspecto venerado
la candidez del ánimo retrata,
arroyuelo su barba destrenzado,
a el pecho en hebras derramó su plata;
de el tiempo volador el tardo arado,
complicando su frente, se dilata
en sulcos por su tez, donde los años
encanecen fecundos desengaños.

[88]

El globo de sus sienes respetoso
giran sagradas zonas, con que el lino,
en ampos doctrinado, es misterioso
cándido adorno de el honor divino.
A la planta de el hombro en bullicioso
traje de el *ministro* peregrino,
se nieva de algodón, vistiendo en giros
cuerpo hilado de el Euro a los suspiros.

[89]

Mucho dios en su pecho difundido
le distingue de humano; a su desvelo
es la lima patente, o el graznido
de la ave, que, dudosa, escribe el cielo;
del rayo, ni el ardor, ni el estallido
estrañan su atención, pues, con anhelo
parcial de los secretos más divinos,
aún tardan en su ciencia los destinos.

83a su aspecto V AS AM E   cuyo aspecto S ‖ 83f su frente V AS AM S   la frente E ‖ 83g su tez
V AS AM   la tez S E ‖ 84b con que V AS AM   donde S E ‖ 84d cándido V AS AM   sagrado S E

82a *gomas*: 'sustancia viscosa que procede de las plantas y que se endurece al sol'. ‖ 83a *Calcas*: o
Calcante era un adivino de Micenas o de Mégara que acompañó a la expedición griega contra Troya.
La descripción de su barba es una imitación de la del *Polifemo* de Góngora. ‖ 84a *respetoso*: 'respe-
tuoso'. ‖ [88]f *ministro*: se trata de un error de copia, pues el verso queda hipométrico. La lectura
correcta es 84f *ministerio*.

[90]

De su idea la esfera diligente
única vive el tiempo tan seguro,
que a las leyes se estucha de presente
el pasado, no menos que el futuro.
Llama de voz, su labio ilustra ardiente
las tinieblas del evo más obscuro,
hurtando de su ardor en los excesos,
toda la novedad a los sucesos.

85

Este, pues, de el cadáver fugitiva
construyendo la vida, absorto advierte
de Cintia la impiedad, que, vengativa,
inficionó los labios de la suerte.
En la arteria de el numen expresiva
escucharon sus ojos de la muerte
la instante vecindad, que en sus amagos
de inculpada beldad madruga estragos.

[91]

Este, pues, de el cadáver fugitiva
construyendo la vida, absorto advierte
de Cintia la *crueldad*, que, vengativa,
contaminó los ecos de la suerte.
En la arteria de el numen expresiva
escucharon sus ojos de la muerte
la instante vecindad, que en sus amagos
de inculpada beldad madruga estragos.

86

De el presagioso horror el pecho grave,
estatua de sí mismo, solo pudo
remitir el dolor, que en sí no cabe,
a el silencio vocal, a el labio mudo;
empero, porque el susto más agrave
la infausta suspensión de el pueblo rudo,
el rencor de Aricina partió entonces,
su animación airada con los bronces.

[92]

De el presagioso horror el pecho grave,
estatua de sí mismo, solo pudo
remitir el dolor, que en sí no cabe,
a el silencio vocal, a el labio mudo;
empero, porque el susto más agrave
la infausta suspensión de el pueblo rudo,
el rencor de Aricina partió entonces,
su animación airada con los bronces.

87

De el forastero espíritu ocupada,
la yerta solidez pasó, impelida,
a estrenar con los ceños de enojada
las primeras noticias de la vida;
por la indócil materia derramada
la deidad se trasmina, que teñida
de grosero metal, en sus acentos,
tronando su impiedad, calmó los vientos:

[93]

De el forastero espíritu ocupada,
la yerta solidez pasó, impelida,
a estrenar con los ceños de enojada
las primeras noticias de la vida;
por la indócil materia derramada
la deidad se transmina, que teñida
de grosero metal, en sus acentos,
tronó impiedades, a calmar los vientos:

85h beldad V AS S E   deidad AM || 86d a el silencio V S E   el silencio AS AM || 86d al labio V AS AM   del labio S E || 86f pueblo V AS AM   pecho S E

85h Calcas lleva a cabo el sacrificio de un animal que le ayuda a descubrir la ira de Ártemis. || [90]f evo: 'duración indeterminada de tiempo'. || 86g *Aricina*: otro de los nombres de Ártemis. Lo toma de la ciudad latina de Ariccia, donde fue venerada. || 86f La estatua que preside el templo cobra vida y explica las razones de su enfado y qué deben hacer para aplacar su ira. || 87f *trasmina*: 'penetra'. || 87g *grosero*: 'de escasa calidad, sin refinar'.

88

«De mis jaspes en vano la limpieza
vuestro acero enrojece, de mi oído
en vano vuestro ruego la entereza
con estruendo examina dolorido;
en vano, si primero en mi belleza
no encuentra Agamenón reconocido
la piedad, que hasta aquí celan mis penas,
con el bello coral, que ardió en sus venas.

89

Solo con su oblación debe temprana
de el sacrílego yerro la memoria
borrarse de mi pecho, que profana
duró mancha tenaz entre mi gloria.
No de el Simois pisar la cerviz cana
espere, si Ifigenia la victoria
no previene, borrando mis pesares,
víctima no vulgar de estos altares».

90

Dijo, restituyendo, en la postrera
cláusula de el acento advenedizo,
la vida intempestiva, que ligera
de el bronce en el divorcio se deshizo;
en la atónita plebe, la voz fiera
tan alta se imprimió, que parar hizo,
en yelo desatando sus intentos,
de la alma circular los movimientos.

91

Con pasmo semejante la vecina
bárbara sencillez de el Osa, frío
el cadáver admira, a quien ladina
la fuerza despertó de el metro impío;
en la vida, que escuchan, peregrina,
de la propria colgando todo el brío,
viven, mientras repite los abismos,
sombras organizadas de sí mismos.

[94]

«De mis jaspes en vano la limpieza
vuestro acero enrojece, de mi oído
en vano vuestro ruego la entereza
con estruendo examina dolorido;
en vano, si primero *a* mi belleza
no *ofrece* Agamenón reconocido
pedazos de su vida, que, a vapores,
en cultos anochecen mis rencores.

[95]

Solo con su *obligación* debe temprana
de el sacrílego yerro la memoria
borrarse de mi pecho, que profana
duró mancha *a algún día de* mi gloria.
No de el Simois pisar la cerviz cana
espere, si Ifigenia la victoria
no previene, *adulando a mis enojos,*
la bellísima culpa de sus ojos».

[96]

Dijo, restituyendo, en la postrera
cláusula de el acento advenedizo,
la vida intempestiva, que ligera
de el bronce en *los divorcios* se deshizo;
en la atónita plebe, la voz fiera
tan alta se imprimió, que parar hizo,
en *la horrible prisión de sus acentos,*
de la alma circular los movimientos.

[97]

Con *semejante pasmo* la vecina
rústica sencillez de el Osa, frío
el cadáver admira, a quien ladina
despertó la canción de el metro impío;
en la vida, que *oyeron*, peregrina,
de la propria colgando todo el brío,
viven, mientras repite los abismos,
sombras organizadas de sí mismos.

90h de la alma V AS AM   del alma S E ‖ 91f colgando V AS AM   colgado S E ‖ 91g repite V
AS   repiten AM S E

88f Ártemis explica que solo la sangre de Ifigenia logrará apaciguarla. ‖ 89a *oblación*: 'ofrenda o sacrificio que se hace a una divinidad'. ‖ 89e *Simois*: río turco que se une al Escamandro, y por tanto, pasa por Troya. ‖ 95a *obligación*: se trata de una trivialización que hace que el verso quede hipermétrico. La lectura correcta es *oblación*, como aparece en 89a. ‖ 90g *desatando*: 'anulando'. ‖ 91b *Osa*: monte de Grecia en la región de Tesalia.

[98]

A el trueno de su voz, el orbe griego
tembló asustado, sacudió medroso,
de sus muros más firmes el sosiego,
de sus montes más vastos el reposo;
el undante caudal que, en fértil riego,
alma fue de sus valles, temeroso,
sus espumas calló que, balbucientes,
esconden en su susto sus corrientes.

[99]

Conmovida, la máquina que a el viento
tanto vacío hurtó para sagrado
culto de su deidad, desde el cimiento
a el capitel dudó más elevado;
cuanto jaspe en pilastra vio su aliento
sudar adoraciones a su agrado
reveló, estremeciéndose a temblores,
la instable turbación de sus vigores.

[100]

Alteró sus firmezas vacilantes
virginio el Helicón que, distrayendo
su silencio aún canoro, dio al semblante
la suspensión forzada del estruendo;
sacro mito el bifronte no constante
de su error los ejemplos desdiciendo,
inflamada deidad que, en llamas fieles,
vive a la protección de sus laureles.

[101]

De yelo en remolinos el discurso
se enredó del Cefiso, entorpecido,
que, estragando los fueros de su curso,
eco se suspendió de aquel ruido;
conturbado, el Ismeno a el triste incurso
de la voz en su vidro introducido,
incierto encuentra el mar cuyas brumas
envueltas en horror de sus espumas.

---

[99]a máquina: 'edificio grande y suntuoso'. || [99]h El propio templo se estremece ante la voz de la diosa. || [100]b *Helicón*: monte griego consagrado a las musas. || [100]e *el bifronte*: se refiere al dios Jano, que suele ser representado con dos caras, una corona de laurel y cierto control sobre el fuego. || [101]b *Cefiso*: río que atraviesa Beocia. || [101]c *fueros*: 'jurisdicciones'. || [101]e *conturbado*: 'revuelto, intranquilo'. || [101]e *Ismeno*: río de Beocia. || [101]e *incurso*: 'embestida, acontecimiento'.

[102]
La fama si a el suceso sediciosa
cien párpados de luz previno, atenta,
de Ifigenia el oído recelosa
con otros tantos labios amedrenta;
en su murmullo crece pavorosa
la estatura del mal que representa
a inundar de su aliento a los embates
de la infeliz princesa los penates.

[103]
A el mal distinto acento que, inhumano,
informó su atención, ya de horror llena,
cayó a tierra olvidada de su mano
del bastidor la broca, copia amena;
el sol de su semblante soberano,
apagado en las nubes de su pena,
con pródiga expresión de sus quebrantos
para llover estrellas, bebió llanto.

[104]
Sin arbitrio, a el dolor grave entregada
muestra solo por viso de la vida
aquella que, en cristal sangre exhalada
el alma de sus ojos derretida;
en mal viviente mármol transformada
a imagen la introduce fementida
de sí misma el desmayo en cuyas medras
mueren suspiros, animando piedras.

92
Unánime el ejército impaciente,
sacudido de el éxtasis, declama
contra la hermosa vida que, inocente,
su religión sacrílega disfama.
De el padre la piedad hiere inclemente
sedicioso el rumor que se derrama,
con gritos, que otra vez suenan feroces
el rencor de los hados en sus voces.

[105]
Empero ya el ejercito impaciente,
sacudido de el éxtasis, declama
contra la hermosa vida, *cuya fe* inocente
religión tan sacrílega disfama.
De su padre, no menos inclemente,
a la piedad el eco se derrama,
por los labios del pueblo que, feroces,
traen del hado el rencor con todo en las voces.

---

* La estrofa 92, «Unánime el ejército impaciente», no aparece en el testimonio E.

[102]g *embates*: 'acometidas impetuosas'. || [102]h *penates*: 'dioses menores'. || [103]b *informar*: 'dar forma'. || [103]d *bastidor*: 'armazón que sirve para encajar un lienzo o una tela'. || [101]e *broca*: 'carrete que dentro de la lanzadera lleva el hilo para la trama de ciertos tejidos'. || 92f *sedicioso*: 'alzado violentamente contra la autoridad'. || [105]h verso hipométrico

93

Solo vivo a el dolor con pesar tanto,
de el uso de la vida divertido,
en el mármol sepulta de su espanto
el cadáver vital de su sentido;
con el fluido acento de su llanto
su silencio ofendió, que humedecido
desperdicia, por últimos despojos,
el corazón llovido por los ojos.

94

Si como padre a el pecho tierno enciende
doloroso el cariño, luego, justo
monarca, la razón en sí suspende
con el proprio delito su disgusto;
de aquel con las instancias se defiende
de los rigores de esta, cuando el susto,
blando amotinador de sus pasiones,
del cetro rompió santo las razones.

95

A la voz repetida, que de el pecho
le acuerda compasivo la dolencia,
quisiera con ternísimo despecho
revocar de los dioses la inclemencia.
Quisiera, pero al ver no satisfecho
el ofendido numen, su obediencia
para encontrar, se esfuerza, en duros ritos
la sacra expiación de sus delitos.

96

Neutral con sus afectos, su albedrío
ni a su amor, ni a los cielos obedece,
pues si de unos se impide en el desvío,
en las ternuras de otro se entorpece;
de el destino tal vez el ceño impío
arguye con su voz, tal enmudece,
convencido el dolor, cuyos temores
en su memoria escuchan sus errores.

[106]

Solo vive a el *temor* con pesar tanto,
del comercio de la alma desasido,
sello mudo en lo inmoble de su espanto
el cadáver vital de su sentido;
aún el silencio undoso que su llanto
aliento quiso ser humedecido
huyendo de la vida por despojos,
se vuelve a el pecho sin hallar los ojos.

[107]

Si padre el corazón tierno le enciende
doloroso el cariño, luego, justo
monarca, la razón en sí suspende
con el proprio delito su disgusto;
de aquel con las instancias se defiende
de los rigores de esta, cuando el susto,
blando amotinador de sus pasiones,
del cetro *desperdicia* las razones.

[108]

A la voz repetida, que de el pecho
le acuerda compasivo la dolencia,
quisiera con *dulcísimo* despecho
revocar de los dioses la inclemencia.
Quisiera, pero al ver no satisfecho
el ofendido numen, su obediencia
para encontrar, se esfuerza, en duros ritos
la sacra expiación de sus delitos.

[109]

Neutral con sus afectos, su albedrío
ni a su amor, ni a los cielos obedece,
pues si de unos se impide en el desvío,
en las ternuras de otro se entorpece;
de el destino tal vez el ceño impío
arguye con su voz, tal enmudece,
convencido el dolor, cuyos temores
en su memoria escuchan sus errores.

93a al dolor V AS AM S   el dolor E ‖ 94a pecho tierno V AS AM   tierno pecho S E ‖ 94f de los rigores V AM S E   con los rigores AS ‖ 94h razones V AS AM E   prisiones S ‖ 95h sacra V AS AM S   sagrada E ‖ 96a con sus afectos V AS AM E   en sus afectos S ‖ 96c unos V AS S E   uno AM

93b *divertido*: 'apartado'.

97

De Grecia la venganza, la ruïna
de su ejército todo, a su cuidado
pospone natural cuando se inclina
a evitar la inflexión de el cielo airado;
inconstante, después, si determina
ejecutar su ley, vuelve asustado
a consultar cariños, que violentos
tuercen la dirección de sus intentos.

98

De esta suerte indeciso vacilaba
su delincuente amor, cuando severa
de la plebe la voz su oído agrava
con tempestad de gritos comunera;
entre el rumor que a el aire horrores daba,
distingue su congoja lastimera:
«La infanta ha de morir, pues nuestras vidas
son de el cielo en la suya aborrecidas».

99

Luego que de su pecho el eco duro
ofendió la tibieza lastimada,
el corazón cobarde, como impuro,
vistió plumas de nieve ensangrentada;
mas creyendo en su frente no seguro
el oro circular, con la irritada
plebeya obstinación, entre los reyes,
de padre se absolvió, mintiendo leyes:

100

«Muera mi...» –pero el yelo, sin que acabe
de informar de Ifigenia el dulce acento,
arrojó por silencio a el labio grave,
congelado en carámbanos el viento.
«Muera» –dijo otra vez– «mi sangre lave,
de sus venas vertida, el pavimento,
donde a vengar de Cintia injurias fieras
conspiran contra Grecia las esferas».

[110]

De Grecia la venganza, la ruïna
de su ejército todo, a su cuidado
pospone natural cuando se inclina
a *olvidar* la inflexión de el cielo airado;
en constante, después, si determina
ejecutar su ley, vuelve asustado
a *examinar* cariños, que violentos
adulteran la acción de sus intentos.

[111]

De esta suerte indeciso vacilaba
su delincuente amor, cuando severa
de la plebe la voz su oído agrava
con tempestad de gritos comunera;
entre el rumor que a el aire horrores daba,
distingue su congoja lastimera:
«La infanta ha de morir, pues nuestras vidas
son de el cielo en la suya aborrecidas».

[112]

Luego que de su pecho el eco duro
penetró la tibieza lastimada,
el corazón cobarde, como impuro,
batió plumas de nieve ensangrentada;
mas creyendo en su frente no seguro
el oro circular, con la irritada
plebeya obstinación, *en torpe rito*,
prestó culto al temor con el delito:

[113]

«Muera mi...» –pero el yelo, sin que acabe
de informar de *su hija* el dulce acento,
por silencio a su labio cuajó grave,
un pedazo en carámbanos *del* viento.
«Muera» –*volvió a decir*– «mi sangre lave,
de sus venas vertida, el *pensamiento*,
donde a vengar de Cintia injurias fieras
conspiran contra Grecia las esferas».

97d inflexión V S E   infección AS AM ‖ 98e rumor V AS AM E   horror S ‖ 100b informar V AS E   formar AM S ‖ 100f el pavimento V AS S E   al pavimento AM

[110]e *en constante*: se trata de un error de copia; la lectura correcta es *inconstante* como aparece en 97e. ‖ 98b *delincuente amor*: el amor paterno de Agamenón es delincuente porque va en contra de los intereses griegos e impide aplacar la ira de la diosa.

101

Voló a el vulgo la voz, que recibida
con alegre impiedad, hirió volante
de Calcas la atención, siendo afligida
silenciosa inquietud de su semblante.
Congerie funeral que a el aire mida
el celeste vacío, vigilante
su religión construye, cuyas ramas
aun ardan, sin ardor, en verdes llamas.

102

De la corva segur a el golpe ansioso
el monte se desnuda, el valle truena,
respondiendo con eco lastimoso
a el estallido ronco que en él suena;
a su tajante imperio cede umbroso
de la encina vivaz, con dura pena,
el tronco, que en sus huecos creció breves
cortezuda ciudad a dulces plebes.

103

Su planta precipita a el verde llano
la incertidumbre hojosa, que sagrada
para ceñir las sienes de el tebano
de esmeraldas nevó copia enredada;
no a el robre, de la selva, honor anciano,
privilegia su pompa, que elevada
se esparció con ramosos pensamientos,
península frondosa de los vientos.

[114]

Bajó a el vulgo la voz, que recibida
con alegre impiedad, hirió volante
de Calcas la atención, siendo afligida
silenciosa inquietud de su semblante.
Congerie funeral que *arguye engreída*
la inmensidad aérea, vigilante
su religión construye, *en cuyas ramas*
también arde la forma sin las llamas.

[115]

De la corva segur a el golpe ansioso
el monte se desnuda, el valle truena,
respondiendo con eco lastimoso
a el estallido ronco que en él suena;
a su *voraz* imperio cede umbroso
de la encina vivaz, con *muda* pena,
el tronco, que en sus huecos *vistió* breves
población cortezuda a dulces plebes.

[116]

Su planta precipita a el verde llano
la incertidumbre hojosa, que sagrada
para *enjugar las ansias* de el tebano
de esmeraldas nevó copia enredada;
de la selva, no el robre, honor anciano,
pudo eximir su pompa, que elevada
se *aclamó* con *frondosos* pensamientos,
península *enramada* de los vientos.

101h ardan V AS AM   arden S E ‖ 101h en verdes V AS S E   a verdes AM ‖ 102d ronco V AS AM S   bronco E

101e *congerie*: 'cúmulo'. ‖ 102a *segur*: 'hacha'. ‖ 103c *Tebano*: se refiere a Heracles. El árbol que están talando es el álamo, el árbol consagrado a este héroe pues cuando descendió al infierno, se hizo una corona con sus ramas, de manera que el lado de las hojas que encaraba el aire del inframundo se tornó oscuro, mientras que el otro lado se mantuvo claro gracias al sudor del héroe. ‖ 103e *robre*: latinismo. 'Roble'.

104

En vano resistió a el sañudo filo,
erguido, el árbol que hospedó en su seno,
vegetando tristezas de lucilo,
a el joven infeliz de horrores lleno;
no con menos dolor siguió su estilo
el gigante del bosque, siempre ameno,
sin que sus hojas indultase fieles
el torreado diadema de Cibeles.

105

Así obraba su ardor, cuando, horrorosa,
a el aire desplegó su obscuro velo,
la ausencia de la luz, siendo, medrosa
suspensión, deseada de el anhelo;
murió el sol en pedazos, luminosa
parte de su explendor dejó de el cielo
a el océano azul, cuyos espacios
con islas se mancharon de topacios.

106

Esfuerza su pavor siniestra plebe
de vuelo presagioso, cuyo canto,
trompa infeliz del hado, sonó aleve,
segundas expresiones a el quebranto:
desde el ave que, tarda, plumas debe
al incesto paterno, a el yerto espanto
de el estigio fiscal, en sus clamores
gimieron muertes, susurrando horrores.

[117]

En vano resistió a el sañudo filo,
procero, el árbol que hospedó en su seno,
tristezas floreciendo de *lucido*,
a el joven *que de horrores vivió* lleno;
no con menos dolor siguió su estilo
el *jayán de los bosques*, siempre ameno,
sin que *indulto a sus hayas sirva* fieles
el torreado diadema de Cibeles.

[118]

Así obraba su ardor, cuando, horrorosa,
a el aire desplegó su obscuro velo,
la ausencia de la luz, siendo, medrosa
suspensión, deseada de el anhelo;
murió el sol en pedazos, luminosa
parte de su explendor dejó de el cielo
a el océano azul, cuyos espacios
se mancharon a escollos de topacios.

[119]

Esfuerza su pavor siniestra plebe
de vuelo presagioso, cuyo canto,
trompa *infausta* del hado, sonó aleve,
segundas expresiones a el quebranto:
de la ave perezosa que alas debe
de su padre a el incesto, a el yerto espanto
de el estigio fiscal, en sus clamores
balaron muertes, *endechando* horrores.

104b erguido V AS AM   herido S E || 104c lucilo V AS AM E   afligido S || 105f de el cielo V AS AM   en el cielo S E || 106b de vuelo V AS AM S   el vuelo E || 106e tarda V AS AM   tardas S E || 106h gimieron V AS AM S   gimiendo E

104b *erguido árbol*: se refiere al ciprés. || 104c *lucilo*: o lucillo. 'Sepulcro.' || 104d *el joven infeliz*: se trata de Cipariso, un joven amante de Apolo que tras matar, involuntariamente, a un hermoso ciervo domesticado, le pidió al dios que le permitiese llorarlo para siempre. Apolo, entonces, lo convirtió en ciprés. || 104f *el gigante del bosque*: se trata del pino. || 104h el *torreado diadema*: 'diadema es un sustantivo de género ambiguo. *Torreado* hace referencia a la corona de torres con la que se suele representar a Cibeles'. || 105h *topacios*: 'piedra preciosa de color amarillento'. || 106e *el ave*: se trata del búho. Según la mitología griega, Nictímene, hija del rey Eupopeo, mantuvo amores incestuosos con su padre. Avergonzada, huyó al bosque donde Atenea la convirtió en búho. || 106g *estigio fiscal*: Caronte.

107

De la pira el adorno; de el acero
la religiosa sed; de la ardua llama
el ímpetu impaciente, que severo
su lenta actividad en ocios clama;
de el étnico pontífice el austero
sagrado ministerio, ya en la fama
heridos de el dolor, oyen atentos
de Ifigenia cercanos los lamentos

108

Conducida de el vulgo a el sitio llega
entre el fúnebre estruendo, que torcido
el bronce suspiró, cuando se agrega
la atormentada piel a su gemido;
noche hilada su aspecto, avara, niega
con instable vapor, bien que, vencido,
tramontaron sus luces nunca escasas
la horizontal tiniebla de las gasas.

109

En la veste talar, con que obscurece
la esfera de sus miembros, ingenioso
el Ceres fatigó cuantas florece
sedas a su ambición bosque lustroso:
de el manto los estremos enriquece
mordiéndolos a el pecho bullicioso
encendido alacrán, donde en rubíes
mil soles se endurecen carmesíes.

[120]

De la pira el adorno; de el acero
la religiosa sed; de la ardua llama
el *verdor* impaciente, que severo
su *activa lentitud en ocasiones* clama;
de el étnico pontífice el austero
sagrado ministerio, ya en la fama
heridos de el dolor, *beben* atentos
cercanos de la infanta los lamentos.

[121]

Del vulgo conducida a el sitio llega
entre el fúnebre estruendo, que *al* torcido
espíritu de bronce, ronco, agrega
la atormentada piel *en* su gemido;
su aspecto, hilada noche, en tintas niega
con *travieso* vapor, bien que, vencido,
sus centellas tramontan nunca escasas
el tejido horizonte de *sus* gasas.

[122]

En la veste talar, con que obscurece
la esfera de sus miembros *ingeniosos*
el Ceres *castigó* cuantas florece
vellones a su afán bosque lustroso:
de el *palio* los estremos enriquece
mordiéndolos a el pecho *luminoso*
enroscado alacrán, donde en rubíes
arden soles de piedra carmesíes.

[123]

Para adornar su planta a la porfía,
se estrecha, del ingenio en breve giro,
la piel, que dócil, mas de Berbería,
a las ostras su ardor debió de Tiro;
del avariento sur precioso día,
rompiendo en perlas su primer suspiro,
a salpicar su tez con luces bellas
el llanto congeló de las estrellas.

107h lamentos V AS AM E   alientos S ‖ 108d a su gemido V AS AM S   con su gemido E

107e étnico: 'pagano'. ‖ 108e *noche hilada*: Ifigenia llega con la cara cubierta por un velo negro. ‖ 108g *tramontaron*: 'traspusieron'. ‖ 109a *veste talar*: 'vestido que llega hasta los talones'. ‖ 109c *Ceres*: ciudad italiana famosa por sus telas. ‖ 109g *alacrán*: en estos versos, podría ser algún tipo de broche que sujeta el manto y que está cubierto de rubíes. ‖ [123]a *su planta*: su pie. La estrofa describe su calzado. ‖ [123]d Ifigenia lleva zapatos de piel árabe, teñidos de púrpura.

110

De esta suerte en las aras se presenta,
la tez resucitando de el sol claro
de Cintia la ojeriza, que sangrienta
su vida desdeñó con ceño avaro;
Calcas, luego, veloz, con violenta,
reverente crueldad, a el aire raro
sembró de horrenda luz, cuyos aceros,
hidrópicos de sangre, brillan fieros.

[124]

De esta suerte en las aras se presenta,
mejorando la ausencia de el sol claro
el bello horror de Delia, que sangrienta
su vida desdeñó con ceño avaro;
Calcas, luego, veloz, con *la* violenta,
reverente crueldad, *el* aire raro
sembró de horrenda luz, cuyos aceros,
sedienta religión, brillaron fieros.

[125]

Diera fin a su acción si, aunque turbada,
antes de dar a el jaspe la rodilla
la beldad de su acento aprisionada
no dejara en los ecos su cuchilla:
«Tú a llorar su dolor, deidad sagrada,
del pimpleo raudal huye la orilla
destemplando tu voz, pues, en mis labios
no caben tu furor, ni sus agravios.

[126]

Vosotras, de ese alcázar cristalino
potestades de luz, cuyo gobierno,
los archivos cegando del destino,
halla en nuestro temor respeto eterno;
ya al rapto de los tiempos peregrino
en rasgos distingas de ardor alterno,
ya engazando los bienes con los males,
el mérito igualéis de los mortales.

[127]

Vosotras, ser testigos, si fe alguna
aún les resta a los cielos, desta impía
execrable crueldad que, en mi fortuna,
eleva a la religión su tiranía.
Si su infamia a las aras importuna
con devoción adultera porfía
acrisolar su fe ¿cómo deidades,
corresponden a insultos las piedades?

110d avaro V AS AM E   airado S || 110e Calcas luego veloz V AS S   y Calcas veloz luego AM

110c *Cintia*: Ártemis. || [124]c *Delia*: Ártemis. || [125]f *pimpleo*: 'perteneciente a las musas'. || [127]g *acrisolar*: 'depurar, purificar'.

[128]
El delito de un rey no fementido
dulce el honor de padre de mí espere,
sin que el ardor vital obscurecido
la exhalación postrera me acelere.
Antes, el negro estilo del olvido
en sus postes mi espíritu numere,
de estos miembros apóstata que, atentos,
se encuentren con su nombre mis lamentos

[129]
El delito de un rey, por más que odioso
se busque vuestro ceño, ¿de qué suerte
su vida absuelve, transcendiendo, airoso,
a cancelar su culpa, con mi muerte?
Si la ley le atendió majestuoso,
su misma majestad en mí se advierte,
propagada en la sangre, pues ¿qué ritos
rompen mi inmunidad con sus delitos?

[130]
¿Acaso, esa deidad, cuya fiereza
con mi estrago sus cultos asegura,
se imaginó agraviada en su belleza
a el aplauso que dio de mi hermosura?
Si ofensa la común naturaleza,
consorte de mi amable desventura,
¿por qué a un tiempo infeliz en sus clamores
no parte con mi mal, vuestros rencores?

[131]
Sin más delito que el temor grosero
de que una acción se dude contingente,
vuestro poder permite justiciero
beba el filo mi púrpura inocente.
El político afán de un rigor fiero,
en su lustración misma delincuente,
tuerce la religión, mas, cuando impías
no, la arrastran servil las tiranías.

[128]c *ardor vital*: la sangre de Ifigenia. || [131]f *lustración*: 'purificación, purgación con sacrificios, ritos y ceremonias'.

[132]
Arrojada por mía, la inocencia
saldrá dese concilio a ser creída
contra la persuasión de la experiencia
de hoy más por seña a el cielo aborrecida»
-esclama-. Ha de gemir de la insolencia,
la virtud de los dioses más querida,
si quería en su rencor de ella en enemigos
escuchan oídos, a infamar castigos.

[133]
«Si pues de mi voz a el voto triste
ese bronce crüel que a la ansia dura
de instrumento mordaz, deidad bebiste
mi ruego mucho más que su estatura;
aún de rigor hidrópico resiste
la intrusa majestad de su escultura
a el dolor de mi llanto en cuyos ecos
piedad los riscos le estimulan huecos.

[134]
Si pues del sacro Jove la alta diestra,
por más que mi dolor su fuego clame,
ardiendo a la omisión, a el orbe muestra
del impartido ardor el ocio infame;
dejando que, a la acción de ley siniestra,
mi humor siempre inculpable se derrame
sin ver que de un rigor las acechanzas
le interesan remiso en sus venganzas.

[135]
Esto ha de ver de vista, el rostro enjuto,
vacío de dolor, de quietud lleno,
sin que marchito a lástimas su fruto
desabroche el temblor su pecho ameno;
esto, el céfiro manso que absoluto
árbitro de los aires, de mi seno
se bebió los suspiros sin que obscuras
le asombren de pavor manchas impuras;

---

[134]a *Jove*: Júpiter ‖ [134]f *humor*: se refiere a su sangre. ‖ [135]a *el rostro enjuto*: Agamenón.

[136]

esto ha de ver de Tetis con sosiego
perezosa la esfera dilatada
sin que en olas a el soplo de mi ruego
sus márgenes desdeñe, amotinada;
esto el triste juez que, a el mundo ciego,
con fuente nunca dio desarraigada
los hados en su voz, sin que mis quejas
turben la autoridad de sus orejas.

[137]

A ti, padre del día, en cuya lumbre
años vestido el tiempo se derrama
a ser de esta terrestre pesadumbre
vegetable explendor sensible llama;
tú dejarás que fúnebre te alumbre
mi ocaso en tu arrebol, si a menor fama
lloraron tus escándalos celestes
tenebrosas las mesas de Tiestes.

[138]

Y tú, justa deidad en cuya mano
nunca a el error flexible se dispensa
la balanza fatal, que a el hecho humano
da en su neutralidad su recompensa,
tú, sufrirás, que el mudo mas tirano
te culpe en mi dolor; si aleve ofensa
ausentaste tus luces refulgentes
del manchado comercio de las gentes.

---

[136]a *Tetis*: nereida. Aquí se refiere al mar. || [136]e *el triste juez*: Calcas. || [137]a *padre del día*: el Sol. || [137]h estos dos últimos versos hacen referencia a las rivalidades entre los hermanos Atreo y Tiestes. El primero, *lloraron tus escándalos celestes*, alude a la sucesión del trono de Micenas. El oráculo había dictaminado que debía ocuparlo uno de los hijos de Pélope. El elegido sería aquel que pudiese presentar un vellón de oro. Entre los rebaños de Atreo, había aparecido un cordero dorado, pero Aérope, su mujer, se lo entregó a su amante, Tiestes. Los dioses aconsejaron a Atreo que propusiese una nueva prueba: si al día siguiente, el sol se ponía por el oeste, el trono sería de Tiestes; si se ponía por el este, sería de Atreo. El sol cambió su curso y Atreo se convirtió en rey. Para vengarse del adulterio, Atreo invitó a su hermano a un banquete en el que sirvió como comida a los tres hijos de Tiestes, que no se dio cuenta hasta el final, cuando le mostraron las cabezas de los niños. A esta última parte alude el verso, *tenebrosas las mesas de Tiestes*. || [138]a *justa deidad*: Temis, diosa de la justicia.

[139]
Mas, ay, que vuestro honor amenazado
de un pueblo sospechándose en mi indulto
condesciende a su enojo, a el ver que airado
vincula con mis lástimas su culto.
Sea así, su delito autorizado
de esa vuestra inacción con vil tumulto
abuse del poder, que a sus anhelos
prohijó la paciencia de los cielos.

[140]
Sea así. De esta vida que, infelice,
a vosotras os cuesta tanto ceño,
absuelto el tierno estambre se eternice
en el párpado triste, el final sueño.
Por mi efigie mortal, halle felice
vuestro agrado furioso el desempeño
de ese vulgo que a intentos desbocados
se sirve en vuestro mundo de los hados.

[141]
Sea así. Muera yo. Descienda, pura,
del numen, a pesar que, hermosa, irrito
este espíritu noble a hallar obscuro
las fuentes lagrimosas del Cocito.
Vuele, si no a ilustrar su centro impuro
a su locuaz padrón, que en su distrito
con el gemido eterno de mis males
haga odiosas las leyes celestiales.

[142]
Y tú, pueblo obstinado, infame plebe,
vulgo siempre traidor, cuya villana
bárbara sedición, pretexta aleve
en la omisión de un rey su voz tirana,
vive alegre a el insulto en cuanto leve
mi púrpura se vierte en inhumana
funesta placación a los rigores
de este Dios que te fingen tus temores.

[141]d *Cocito*: es uno de los ríos del Hades.

[143]
Vive, vive a tu horror más fugitivo
luego que de este polvo el nudo fuerte
mi espíritu renuncie, a el fuero esquivo
del vivaz hemisferio de la muerte;
luego, en sombras horribles, vengativo
torcedor, con mi forma, de tu suerte
infestara adulando mis enojos
no menos tu memoria que tus ojos.

[144]
Fiscal siempre crüel en tu fatiga
compulsará tu error la imagen fea
de mi trágico fin, siendo enemiga
arador doloroso de tu idea;
Del día a su presencia nunca amiga
desfrutará a tu ser la luz febea
ni en sus ocios la noche apetecidos
la inquietud callará de tus sentidos.

[145]
Objeto de tu vista, en fin, terrible,
mis manes han de ser, hasta que mudo
tu espíritu penetre aborrecible
el orbe triste de piedad desnudo;
el orbe que, aunque el sol ignora horrible,
con nuevo pasmo, estrañará, ceñudo
la culpa que desciende en tus lamentos
a congojar la sed de sus tormentos».

[146]
Enmudeció, quebrando en un suspiro
el último dolor que su pecho,
hasta allí sepultado en el retiro,
vivió de su intención mal satisfecho.
Mas ya del sacro acero el leve giro
centelleó religioso su despecho,
convocando a malignas impresiones
del concurso vulgar las atenciones.

[144]a *Fiscal siempre cruel*: Calcas. ‖ [144]f *luz febea*: Febo es Apolo. La *luz febea* es la luz del Sol.

111

De el inminente golpe absorta pende
la varia multitud, mas tan confusa,
que de el hermoso estrago que allí atiende
parece que de cómplice se escusa;
el levantado filo se suspende
en cuanto de el ministro voz difusa
los ánimos previno, que, advertidos,
asoman toda la alma a los oídos:

112

«Sacra deidad del bosque, a cuya esfera
el cansancio te acoge en ocio alterno,
de el nocturno girar la azul carrera,
de el triste presidir el negro averno,
recibe, si no afable, menos fiera,
de esta víctima hermosa el voto tierno,
donde ciegos de fe –ceñuda miras–
morimos todos a templar tus iras».

113

Dijo, hiriendo de el cuello la inocente
convexa candidez, que, interrumpida,
en raudales de púrpura caliente
vistió las aras, desnudó la vida;
macilento el jazmín, que de su frente
bruñó a copos la tez, bebe en su herida
rosicler no vital, de quien los labios
degeneran también con sus agravios.

[147]

Del inminente golpe absorta pende
la *muchedumbre vil*, mas tan confusa,
que del hermoso estrago que allí atiende
parece que de cómplice se escusa;
el *filo levantado* se suspende
en cuanto del ministro voz difusa
los ánimos previno, que, advertidos,
asoman toda la alma a los oídos:

[148]

«*Sacro numen* del bosque, a cuya esfera
el cansancio te acoge en ocio alterno,
del nocturno girar la azul carrera,
del triste presidir el negro averno,
en cuyo bulto hermoso reverbera
triforme la beldad que, en el infierno,
en el cielo, en la tierra, te da ritos
con hombres, con deidades, con precitos.

[149]

De Grecia en este noble sacrificio
menos fiera recibe, sino afable
la ley con que a buscar tu ardor propicio
se inunda de su llanto miserable
sea de nuestro obsequio tierno indicio
de esta víctima hermosa el voto *amable*
donde ciegos de fe –ceñuda miras–
morimos todos a *vengar* tus iras».

[150]

Diciendo, hirió del cuello la inocente
convexa candidez, que, interrumpida,
en raudales de púrpura caliente
vistió las aras, desnudó la vida;
el jazmín macilento de su frente,
olvidando a su tez, debe a su herida
cárdeno rosicler, de quien los labios
degeneran *bebiéndole en* agravios.

111h la alma V AS AM   el alma S E ‖ 112b te acoge V AS AM S   se acoge E ‖ 112g ceñuda V AS AM S   si airada E ‖ 112h morimos V AS S E   movimos AM ‖ 113h con sus V AS AM   con los S   en sus E

[148]f *triforme lu beldad*: Ártemis.

114

El nácar de su rostro, que fue vivo
espejo de los astros invidiado,
sombra yace de nieve a el soplo esquivo
de el cierzo de el destino arrebatado;
la humedecida luz, que en el visivo
transparente cristal brindó al cuidado
sedienta admiración, sellando rayos
de la noche inmortal duerme desmayos.

115

Así de el rudo arado, a saña injusta,
la cerviz reclinó de grana riza
la estrella de el vergel a ser adusta
desgracia ensangrentada de ceniza;
rosada exhalación, que el valle asusta
con llamas de carmín, así agoniza
después que, aljofarada, en galas rojas
dio párpados a la alba con sus hojas.

116

Ya la pira, del fuego inficionada,
la porción menos leve solicita,
absorbiendo su unión, mientras alada
la centella inmortal es luz crinita.
Sobre la muchedumbre cayó helada
el último terror, que vil limita
tareas del vivir, que no veloces
divorcian los alientos de las voces.

[151]

De su semblante el nácar que fue activo
consejo de los astros invidiado,
sombra yace de nieve a el soplo esquivo
del cierzo del destino arrebatado;
la humedecida luz, que en el visivo
corido si cristal brindó al cuidado,
sedienta admiración, *sembrando* rayos
del celaje inmortal vive desmayos.

[152]

Así del rudo arado, a *ley* injusta,
reclinó su cerviz de grana riza
la estrella del vergel a ser adusta
desgracia ensangrentada de ceniza;
purpúrea exhalación, que el valle asusta
con *lumbres* de carmín, así agoniza
después que, *aljofarando, luces* rojas
párpados a la Aurora dio en sus hojas.

[153]

La pira ya, del fuego inficionada,
la porción menos leve solicita,
absorbiendo su unión, mientras alada
la centella inmortal *vuela* crinita.
Sobre *aquel villanaje* cayó helada
la postrera impresión, que vil limita
tareas del vivir, *pues* no veloces
le divorcian *su aliento de sus* voces.

114f al cuidado V AS AM S   el cuidado E ‖ 114h duerme V AS AM   bebe S E ‖ 115e el valle
V AS AM S   al valle E ‖ 115h a la alba V AS   al alba AM   al aura S E

114e *visivo*: 'que sirve para ver'. ‖ 114f *brindó al cuidado*: se refiere a los jóvenes prendados de la mi-
rada de Ifigenia. Sus ojos, llenos de lágrimas, se han cerrado para siempre. ‖ 115h La estrofa explica
cómo una flor, puede que la rosa o el clavel, se marchita.

117
Con impulso mayor, con más aliento
estableció su imperio perezoso
del rey padre en la vida, cuyo acento
se pierde por el pecho silencioso.
De el padre, que... mas cese mi lamento,
a expresar su quebranto lastimoso,
corriendo a sus afectos doloridos
los velos de el silencio obscurecidos.

118
No más, musa, no más, que el pecho triste
incapaz de tu espíritu divino,
recata al yerto labio que encendiste,
las voces sorprendidas del destino.
Y tú, lira sagrada, pues seguiste
mi dolor con tu acento, de ese pino
pende a ser inmortal, hasta que ufanos
rompa Marte tus ocios con mis manos.

[154]
Con *ímpetu* mayor, con más aliento
estableció su imperio perezoso
del rey padre en la vida, cuyo acento
se pierde por el pecho silencioso.
De el padre... *mas cesando* mi lamento,
en gemir su quebranto lastimoso,
les corre a sus afectos doloridos
los velos del silencio obscurecidos.

[155]
No más, musa, no más, que el pecho triste
ya incapaz de tu espíritu divino,
rehúsa al yerto labio, que encendiste,
sorprendidas las voces del destino.
Y tú, lira sagrada, pues *dijiste*
mi dolor con tu acento, de ese pino
pende a *la eternidad*, hasta que ufanos
Marte rompa tus ocios con mis manos.

117f a expresar V AS AM S   de expresar E ‖ 118h tus ocios V AS AM S   sus ocios E

118h En esta estrofa, Verdejo retoma el motivo tradicional de colgar el instrumento de un árbol. Parece que anuncia un poema épico del que hoy no se tiene constancia.

ÍNDICE DE NOMBRES PROPIOS

Ismeno 16c; [101]e
Janto 22c
Juno 14b
Júpiter 78h; [134]a
Lete 50f
Marte 118h
Memnón 75c
Narciso 15e
Nereo 61a
Olimpo 19c
Osa 91b

Penates [102]h
Peneo 4h
Septentrión 59e
Sigeas 25h
Simois 89e
Tetis 12a; 56d; 56e; [136]a
Tiestes [137]h
Tiro [123]d
Vellocino 53f
Zodiaco 61g

Este libro se terminó de imprimir en Sevilla
el 18 de diciembre de 2024